Thomas Bernhard
Meine Preise

AF196204

Suhrkamp

Umschlagfoto: Johann Barth
© Sepp Dreissinger

Klimaneutral
Druckprodukt
ClimatePartner.com/14438-2110-1001

5. Auflage 2022

Erste Auflage dieser Ausgabe 2010
suhrkamp taschenbuch 4186
© Suhrkamp Verlag Frankfurt am Main 2009
Suhrkamp Taschenbuch Verlag
Umschlag: Michels, Göllner, Zegarzewski
Druck: CPI books GmbH, Leck
Printed in Germany
ISBN 978-3-518-46186-0

www.suhrkamp.de

Meine Preise

Der Grillparzerpreis

Zur Verleihung des Grillparzerpreises der Akademie der Wissenschaften in Wien mußte ich mir einen Anzug kaufen, denn ich hatte plötzlich zwei Stunden vor dem Festakt eingesehen, daß ich zu dieser zweifellos außerordentlichen Zeremonie nicht in Hose und Pullover erscheinen könne und so hatte ich tatsächlich auf dem sogenannten Graben den Entschluß gefaßt, auf den Kohlmarkt zu gehen und mich entsprechend feierlich einzukleiden, zu diesem Zwecke suchte ich das mir von mehreren Sockeneinkäufen her bestens bekannte Herrengeschäft mit dem bezeichnenden Titel *Sir Anthony* auf, wenn ich mich recht erinnere, war es Dreiviertelzehn, als ich den Salon des *Sir Anthony* betrat, die Verleihung des Grillparzerpreises sollte um elf stattfinden, ich hatte also noch eine Menge Zeit. Ich hatte die Absicht, mir, wenn schon von der Stange, so doch den besten Reinwollanzug in Anthrazit anzuschaffen, dazu die passenden Socken, eine Krawatte und ein Hemd von Arrow, ganz fein, graublau gestreift. Die Schwierigkeit, sich in den sogenannten feineren Geschäften gleich verständlich zu machen, ist bekannt, auch wenn der Kunde sofort und auf die präziseste Weise sagt, was er will, wird er zuerst einmal ungläubig angestarrt, bis er seinen Wunsch wiederholt hat. Aber natürlich hat der angesprochene Verkäufer auch dann noch nicht begriffen. So dauerte es auch damals im *Sir Anthony* länger als notwendig, zu den in Frage kommenden Regalen geführt zu werden. Tatsächlich waren mir die Umstände in diesem Geschäft von meinen Sockeneinkäufen her schon bekannt und ich selbst wußte besser als der Verkäufer, wo ich den gesuchten Anzug zu finden habe. Ich schritt auf das Regal mit den in Frage kommenden Anzügen zu und ich deutete auf ein ganz bestimmtes Exemplar, das der Verkäufer von der Stange herunternahm, um es mir vor die Augen zu halten. Ich prüfte die Stoffqualität und machte sogleich in der Kabine eine Probe. Ich beugte mich ein paarmal vor und lehnte mich zurück und fand, daß mir die Hose paßte. Ich zog den Rock an, drehte mich ein paarmal vor dem Spiegel, hob die Arme und senkte sie wieder, der Rock paßte wie die Hose. Ich ging ein paar Schritte mit dem Anzug durch das Geschäft und suchte mir bei dieser Gelegenheit das Hemd und die Socken aus. Schließlich sagte ich, daß ich den Anzug anbehalten und auch noch das Hemd und die Socken anziehen wolle. Ich suchte mir eine Krawatte aus, band sie mir um, zog sie so weit als möglich zu, begutachtete mich noch einmal im Spiegel, bezahlte und ging hinaus. Meine alte Hose und meinen Pullover hatten sie mir in eine Tasche mit der Aufschrift *Sir Anthony* gepackt, so, mit dieser Tasche in der Hand, ging ich über den Kohlmarkt, um mich mit meiner Tante zu treffen, mit welcher ich verabredet gewesen war im Restaurant Gerstner auf der Kärntnerstraße, im ersten Stock. Beim Gerstner wollten wir noch kurz vor der Feierlichkeit ein oder zwei Sandwiches essen, um im Laufe der Prozedur einer Übelkeit oder gar einer Ohnmacht vorzubeugen. Meine Tante war schon im Gerstner gewesen, sie hatte meine Verwandlung als akzeptabel eingestuft und ihr berühmtes *Nunja* gesagt. Ich selbst hatte bis zu diesem Zeitpunkt jahrelang keinen Anzug getragen, ja, ich war bis dahin immer nur in Hose und Pullover in Erscheinung getreten, selbst ins Theater war ich, wenn überhaupt, nur in Hose und Pullover gegangen, vornehmlich in einer grauen Wollhose und in einem knallroten derbgestrickten Schafspullover, den mir ein gutaufgelegter Amerikaner gleich nach dem Krieg geschenkt hat. In dieser Aufmachung war ich, erinnere ich mich, ein paarmal nach Venedig gefahren und in das berühmte Teatro La Fenice gegangen, unter anderem einmal in eine Aufführung des *Tancred* von Monteverdi, die Vittorio Gui dirigiert hat und ich war in dieser Hose und in diesem Pullover in Rom, in Palermo, in Taormina und in Florenz und in fast allen übrigen Hauptstädten Europas gewesen, ganz abgesehen davon, daß ich diese Kleidungsstücke zuhause beinahe immer getragen habe, je schäbiger Hose und Pullover waren, desto lieber hatte ich sie, jahrelang hatte man mich nur in dieser Hose und

in diesem Pullover gekannt und noch heute fragen mich
die Freunde von damals nach dieser Hose und nach die-
sem Pullover, ich habe diese Kleidungsstücke über ein
Vierteljahrhundert getragen. Plötzlich, auf dem Graben
wie gesagt und zwei Stunden vor der Verleihung des
Grillparzerpreises, empfand ich aufeinmal diese mir in
Jahrzehnten an den Leib gewachsenen Kleidungsstücke
als unpassend für eine Ehrung, die mit dem Namen
Grillparzer verbunden ist und die in der Akademie der
Wissenschaften stattfinden sollte. Im Hinsetzen im
Gerstner hatte ich aufeinmal das Gefühl, daß mir die
Hose zu eng ist, aber ich dachte, das ist wahrscheinlich
immer das gleiche Gefühl bei neuen Hosen, auch der
Rock erschien mir aufeinmal zu eng und auch was den
Rock betraf, dachte ich, das sei normal. Ich bestellte mir
ein Sandwich und trank ein Glas Bier dazu. Wer denn
vor mir diesen sogenannten Grillparzerpreis schon bekommen habe, fragte mich meine Tante und da fiel mir
im Augenblick nur Gerhart Hauptmann ein, ich hatte
das einmal gelesen und bei dieser Gelegenheit zum erstenmal von der Existenz des Grillparzerpreises erfahren.
Der Preis wird nicht regelmäßig, sondern nur *fallweise*
verliehen, sagte ich und ich dachte, daß zwischen den
einzelnen Verleihungen schon sechs oder sieben Jahre
liegen, vielleicht auch manchmal nur fünf, ich wußte es
nicht, ich weiß es auch heute nicht. Auch diese Preisverleihung machte mich naturgemäß nervös und ich ver-

suchte mich selbst und meine Tante von der Tatsache, daß es bis zum Beginn der Feierlichkeit nurmehr noch eine halbe Stunde war, abzulenken, ich berichtete von der Ungeheuerlichkeit, daß ich gerade auf dem Graben den Entschluß gefaßt hatte, mir einen Anzug für die Feierlichkeit zu kaufen und daß es für mich eine Selbstverständlichkeit gewesen sei, das Geschäft auf dem Kohlmarkt aufzusuchen, in welchem die englischen Anzüge der Firmen *Chester Barry* und *Burberry* zu haben sind. Warum sollte ich mir, wenn schon von der Stange, hatte ich wieder gedacht, nicht gleich einen erstklassigen Anzug kaufen, und nun war der Anzug, den ich anhatte, ein Anzug der Firma *Barry*. Meine Tante griff nur nocheinmal nach dem Stoff und war mit der englischen Qualität zufrieden. Sie sagte nocheinmal ihr berühmtes *Nunja*. Über den Schnitt nichts. Es war der klassische. Sie wäre sehr glücklich über die Tatsache, daß mir die Akademie der Wissenschaften heute ihren Grillparzerpreis verleihe, sagte sie, auch stolz, aber mehr noch glücklich als stolz und sie stand auf und ich folgte ihr aus dem Gerstner auf die Kärntnerstraße hinunter. Wir hatten nur ein paar Schritte zu gehen bis zur Akademie der Wissenschaften. Die Tasche mit der Aufschrift *Sir Anthony* war mir zutiefst zuwider gewesen, aber ich konnte es nicht ändern. Ich werde die Tasche vor dem Eintreten in die Akademie der Wissenschaften abgeben, sagte ich mir. Ein paar Freunde waren auch schon unterwegs gewesen, die meine Ehrung nicht versäumen wollten, wir trafen sie in der Eingangshalle der Akademie. Dort waren schon viele Menschen versammelt und es schien, als ob sich der Festsaal schon gefüllt hätte. Die Freunde ließen uns in Ruhe und wir schauten uns in der Halle nach einer Persönlichkeit um, die uns empfangen würde. Ich ging ein paarmal mit meiner Tante in der Eingangshalle der Akademie hin und her, aber kein Mensch nahm von uns auch nur die geringste Notiz. Also gehen wir hinein, sagte ich und dachte, im Saale wird mich eine Persönlichkeit empfangen und zu dem entsprechenden Platz führen mit meiner Tante. Alles in der Halle deutete auf eine ungeheuere Festlichkeit hin und tatsächlich hatte ich das Gefühl, als zitterten mir die Knie. Auch meine Tante hielt, so wie ich, ständig Ausschau nach einer Persönlichkeit, die uns empfangen wird. Vergeblich. So stellten wir uns ganz einfach unter die Eingangstür des Festsaals und warteten ab. Aber die Leute drängten an uns vorbei und stießen uns fortwährend an und wir mußten einsehen, daß wir uns die ungünstigste Wartestelle ausgesucht hatten. Ja, empfängt uns denn niemand? dachten wir. Wir blickten uns an. Der Saal hatte sich schon beinahe zur Gänze gefüllt und zwar zu dem alleinigen Zwecke, mir den Grillparzerpreis der Akademie der Wissenschaften zu verleihen, dachte ich. Und kein Mensch empfängt mich und meine Tante. Mit ihren einundachtzig Jahren sah sie wunderbar aus, elegant, intelligent und sie war mir in diesen Augenblicken so tapfer vorgekommen wie nie. Nun hatten auch schon einige philharmonische Musiker auf dem Podium vorn Platz genommen und alles deutete auf den Beginn der Feierlichkeit hin. Aber von uns, die wir doch der Mittelpunkt sein sollten, wie wir dachten, hatte kein Mensch Notiz genommen. So hatte ich plötzlich eine Idee: wir gehen ganz einfach hinein, sagte ich zu meiner Tante und setzen uns in der Mitte des Saales dorthin, wo noch ein paar freie Plätze sind und warten ab. Wir gingen in den Saal und suchten diese freien Plätze in der Mitte des Saales auf, viele Leute mußten aufstehen und beklagten sich bei uns, wie wir uns an ihnen vorbeizwängten. Da saßen wir nun in der zehnten oder elften Reihe in der Mitte des Festsaales der Akademie der Wissenschaften und warteten ab. Nun hatten schon alle sogenannten Ehrengäste Platz genommen. Aber das Fest begann natürlich nicht. Und nur ich allein und meine Tante wußten, warum. Auf dem Podium vorne liefen in immer kürzeren Abständen aufgeregte Herren hin und her, so, als suchten sie etwas. Und tatsächlich suchten sie etwas, nämlich mich. Dieses Hin- und herlaufen der Herren auf dem Podium dauerte eine Weile, in welcher sich schon Unruhe im Saal ausgebreitet hatte. Inzwischen war auch die Ministerin für Wissenschaft eingetroffen und hatte in der ersten Reihe Platz genommen. Sie war von dem Präsidenten der Akademie, der Hunger hieß, empfangen worden und an ihren Platz geleitet worden. Auch eine Reihe anderer, mir nicht bekannter sogenannter Würdenträger waren empfangen und in diese erste oder in die zweite Reihe geleitet worden. Plötzlich sah ich, wie ein Herr auf dem Podium einem andern Herren etwas ins Ohr flüsterte und gleichzeitig in die zehnte oder elfte Reihe zeigte mit ausgestreckter Hand, nur ich allein wußte, er hat auf mich gezeigt. Jetzt geschah Folgendes: der Herr, der dem anderen Herren etwas ins Ohr geflüstert hatte und der auf mich gezeigt hatte, ging in den Saal und zwar genau bis zu meiner Reihe und verschaffte sich in dieser Reihe Einlaß bis zu mir. Ja, sagte er, warum sitzen Sie denn hier, wo Sie doch die Hauptperson sind in diesem Festakt und nicht vorn in der ersten Reihe, wo wir, er sagte tatsächlich wir, wo wir für Sie und Ihre Begleitung zwei Plätze reserviert haben? Ja wieso denn?, fragte er nocheinmal und es schien, als seien alle Blicke im Saal auf mich und den Herrn gerichtet. Der Herr Präsident, sagte der Herr, bittet Sie nach vorne zu kommen, bitte kommen Sie doch nach vorne, gleich neben der Frau Minister ist Ihr Platz Herr Bernhard. Ja, sagte ich, wenn das so einfach ist, aber natürlich gehe ich erst in die erste Reihe, wenn der Herr Präsident Hunger *persönlich* mich dazu aufgefordert hat, selbstverständlich nur, wenn der Herr Präsident Hunger mich *persönlich* dazu auffordert. Meine Tante schwieg zu dieser Szene und die Festgäste blickten alle auf uns und der Herr ging wieder durch die ganze Reihe und dann nach vorne und flüsterte dort, neben der Frau Minister, dem Präsidenten Hunger etwas ins Ohr. Daraufhin war große Unruhe im Saal gewesen, die nur von den Probezupfern der Philharmoniker an ihren Instrumenten nicht etwas ganz und gar Fürchterliches gewesen war und ich sah, daß sich der Präsident Hunger zu mir bemühte. Jetzt heißt es, standhaft sein, dachte ich, die Unnachgebigkeit beweisen, den Mut, die Konsequenz. Komme ihnen nicht entgegen, dachte ich, wie sie dir nicht entgegen gekommen sind im wahrsten Sinne des Wortes. Als der Präsident Hunger bei mir angelangt war, sagte er, daß er bedauere, was genau er bedauere, hatte er nicht gesagt. Ich möge mit meiner Tante nach vorn in die erste Reihe kommen, mein und meiner Tante Platz sei zwischen der Frau Minister und ihm. So folgten meine Tante und ich dem Präsidenten Hunger in die erste Reihe. Als wir uns gesetzt hatten und ein undefinierbares Murmeln durch den ganzen Festsaal gegangen war, hatte die Feier beginnen können. Ich glaube, die Philharmoniker spielten ein Stück von Mozart. Dann wurden ein paar kürzere oder längere Vorträge über Grillparzer gehalten. Als ich einmal zu ihr hinblickte, sah ich, daß die Frau Minister Firnberg, so ihr Name, eingeschlafen war, was auch dem Präsidenten Hunger nicht entgangen war, denn die Ministerin schnarchte, wenn auch sehr leise, sie schnarchte, sie

schnarchte das leise Ministerschnarchen, das weltbe-
kannt ist. Meine Tante verfolgte den sogenannten Festakt mit größter Aufmerksamkeit, ab und zu blickte sie
zustimmend, wenn eine Wendung in einer der Reden zu
dumm oder auch nur zu komisch gewesen war, auf
mich. Wir beide hatten unser Erlebnis. Schließlich, nach
etwa eineinhalb Stunden, stand der Präsident Hunger
auf und ging auf das Podium und verkündete die Verleihung des Grillparzerpreises an mich. Er verlas ein paar
lobende Worte über meine Arbeit, nicht ohne ein paar
Titel von Schauspielen zu nennen, die von mir sein sollten, die ich aber gar nicht geschrieben hatte und zählte
eine Reihe von Berühmtheiten Europas auf, die vor mir
mit dem Grillparzerpreis ausgezeichnet worden sind.
Herr Bernhard bekäme den Preis für sein Theaterstück
Ein Fest für Boris, sagte Hunger (das Stück, das ein
Jahr vorher vom Burgtheater im Akademietheater sehr
schlecht gespielt worden war) und dann breitete er, wie
wenn er mich umarmen wollte, seine Arme aus. Das
Zeichen, daß ich das Podium zu betreten habe, war da.
Ich stand auf und ging auf Hunger zu. Er schüttelte mir
die Hand und gab mir eine sogenannte Verleihungsur-
kunde, deren Geschmacklosigkeit wie die aller anderen
Preisurkunden, die ich jemals bekommen habe, unüber-
trefflich war. Ich hatte nicht die Absicht gehabt, hier auf
dem Podium etwas zu sagen, es war auch gar nicht von
mir gefordert worden. So sagte ich, um meine Verlegen-

heit abzuwürgen, nur ein ganz kurzes *Danke!* und ging wieder in den Saal hinunter und setzte mich. Daraufhin setzte sich auch Herr Hunger und die Philharmoniker spielten ein Stück von Beethoven. Während die Philharmoniker spielten, dachte ich über den ganzen gerade zuende gehenden Festakt nach, dessen Kuriosität und Geschmacklosigkeit und Gedankenlosigkeit mir naturgemäß noch gar nicht zu Bewußtsein kommen hatte können. Kaum hatten die Philharmoniker zu spielen aufgehört, erhob sich die Ministerin Firnberg und sofort auch der Präsident Hunger und beide gingen auf das Podium. Jetzt waren alle im Saale aufgestanden und drängten an das Podium heran, natürlich auf die Ministerin zu und auf den Präsidenten Hunger, der mit der Ministerin redete. Ich stand mit meiner Tante wie vor den Kopf gestoßen und zunehmend ratlos daneben und wir hörten den immer aufgeregteren Wortschwall der an die Tausend. Nach einiger Zeit blickte die Ministerin in die Runde und fragte mit unnachahmlicher Arroganz und Dummheit in der Stimme: *ja, wo ist denn der Dichterling?* Ich war unmittelbar neben ihr gestanden, aber ich wagte nicht, mich zu erkennen zu geben. Ich nahm meine Tante und wir verließen den Saal. Ungehindert und ohne daß auch nur noch irgendjemand von uns Notiz genommen hätte, verließen wir gegen ein Uhr mittag die Akademie der Wissenschaften. Draußen warteten Freunde auf uns. Mit diesen Freunden gingen wir

in die sogenannte Gösser Bierklinik essen. Ein Philosoph, ein Architekt, deren Frauen und mein Bruder.
Lauter lustige Leute. Ich weiß nicht mehr, was wir gegessen haben. Als ich während des Essens gefragt worden
bin, wie hoch denn die Preissumme sei, war mir zum
erstenmal richtig zu Bewußtsein gekommen, daß der
Preis mit gar keiner Summe verbunden war. Meine Demütigung empfand ich damit erst recht als gemeine Unverschämtheit. Das ist doch eine der größten Ehren, die
einem Österreicher widerfahren kann, den Grillparzerpreis der Akademie der Wissenschaften zu bekommen,
sagte einer am Tisch, ich glaube, es war der Architekt.
Eine Ungeheuerlichkeit, sagte der Philosoph. Mein Bruder war, wie immer bei solchen Gelegenheiten, schweig-
sam. Nach dem Essen hatte ich aufeinmal das Gefühl,
daß mir der neueingekaufte Anzug viel zu eng war und
ich dachte gar nicht lange nach und ging in das Kohl-
marktgeschäft, zu *Sir Anthony* also, und sagte dort in
ziemlich forschem Ton, aber nicht ohne die äußerste
Höflichkeit, daß ich den Anzug umtauschen wolle, ich
hätte den Anzug, wie man ja wisse, gerade erst gekauft,
aber er sei mir um mindestens eine ganze Nummer zu
klein. Meine Bestimmtheit war es, die den angesprochenen Verkäufer sofort zu dem Regal gehen ließ, aus
welchem ich meinen Anzug hatte. Widerspruchslos ließ
er mich in den gleichen, aber eine Nummer größeren
Anzug schlüpfen und sofort hatte ich das Gefühl, dieser

Anzug paßt. Wie hatte ich nur ein paar Stunden vorher glauben können, der um eine Nummer kleinere Anzug paßte mir. Ich griff mich an den Kopf. Jetzt hatte ich den tatsächlich passenden Anzug an und ich ging mit der größten Erleichterung aus dem Geschäft. Wer den Anzug kauft, den ich gerade zurückgegeben habe, weiß nicht, daß er schon mit mir bei der Verleihung des Grillparzerpreises der Akademie der Wissenschaften in Wien gewesen ist, dachte ich. Das war ein absurder Gedanke. An diesem absurden Gedanken richtete ich mich auf. Ich verbrachte mit meiner Tante einen genußreichen Tag und immer wieder lachten wir darüber, daß sie mir bei *Sir Anthony* meinen Anzug anstandslos umgetauscht haben, obwohl ich ihn zur Verleihung des Grillparzerpreises in der Akademie der Wissenschaften schon getragen habe. Daß sie so zuvorkommend waren, werde ich den Leuten von *Sir Anthony* auf dem Kohlmarkt nie vergessen.

Die Ehrengabe des Kulturkreises des Bundesverbandes der Deutschen Industrie

Im Sommer neunzehnhundertsiebenundsechzig war ich drei Monate in dem Lungenkrankenhaus, das der Irrenanstalt am Steinhof in Wien angeschlossen war und heute noch ist, auf dem Pavillon Hermann, auf welchem es sieben Zimmer mit jeweils zwei oder drei Patienten gegeben hat, alle diese Patienten sind damals noch während ich dort gewesen bin, gestorben, mit Ausnahme eines Theologiestudenten und mir. Ich muß das erwähnen, weil es ganz einfach für das Folgende unerläßlich ist. Ich war, wie so oft, wieder einmal an die Grenze meiner Existenzmöglichkeit gestoßen und von den Ärzten im Stich gelassen. Sie hatten mir nicht mehr als nur noch ein paar Monate, bestenfalls ein knappes Jahr gegeben und ich fügte mich in mein Schicksal. Ich war unter dem Kehlkopf aufgeschnitten worden zu dem Zwecke der Entnahme einer Gewebeprobe und sechs Wochen lang in der Gewißheit gelassen, an Krebs zugrunde gehen zu müssen, bis man darauf gekommen war, daß es sich bei meiner in jedem Falle mit einer lebenslänglichen Lungenkrankheit zusammenhängenden Krankheit um einen sogenannten *Morbus Boeck* handelte, was aber bis heute noch nicht mit Sicherheit festgestellt werden konnte, ich existiere bis zum heutigen Tage mit dieser Vermutung, und, wie ich glaube, intensiver denn je. Damals, auf dem Pavillon Hermann, unter den hundertprozentigen Todeskandidaten, hatte ich mich, genauso wie sie, mit meinem baldigen Ende abgefunden gehabt. Der Sommer war, erinnere ich mich, besonders heiß und es wütete gerade der in die Geschichte eingegangene Sechstagekrieg zwischen Israel und Ägypten. Die Patienten lagen bei dreißig Grad im Schatten in ihren Betten und in Wahrheit hatten sie alle, wie ich den meinigen, ihren Tod herbeigewünscht und sie sind ja auch alle, wie ich schon gesagt habe, nacheinander ihrem Wunsche gemäß, gestorben, darunter auch der ehemalige Polizist Immervoll, der im Nebenzimmer gelegen war und der, solange er dazu imstande gewesen war, tagtäglich in mein Zimmer gekommen war, um mit mir Siebzehnundvier zu spielen, er gewann und ich verlor, wochenlang gewann er und ich verlor, bis er starb und ich nicht. Wir hatten, beide leidenschaftliche Siebzehnundvierspieler, solange Siebzehnundvier gespielt und damit unsere Zeit totgeschlagen, bis er tot war. Er war nur drei Stunden, nachdem er mit mir die letzte Partie gespielt und gewonnen hatte, gestorben. Neben mir lag ein Theologiestudent, den ich in wenigen Wochen zwischen Leben und Tod zum Zweifler und also zu einem guten Katholiken gemacht hatte, wie ich glaube, für immer. Ich untermauerte ihm gegenüber meine The-

sen gegen den Bigottkatholizismus mit Beispielen aus
der Krankenhausgegenwart, aus dem tagtäglichen Ab-
lauf des Ärzte- und Schwestern- und Patientengesche-
hens, anhand auch der widerwärtigen Geistlichen, die
auf der ganzen räudigen und windigen Baumgartnerhöhe, einem Wiener Westhöhenzug, hin- und her-
schwirrten, es war mir nicht schwer gefallen, dem Schüler meiner Lehren die Augen zu öffnen. Ich glaube, auch
seine eigenen Eltern waren mir für meine Lektionen
dankbar gewesen, ich gab sie leidenschaftlich, ihr Sohn
ist, wie ich weiß, auch kein Theologe geworden, möglicherweise ein außerordentlich guter Katholik, kein
Theologe, er ist heute ein, leider muß ich sagen, wie
auch alle andern in Mitteleuropa, ziemlich erfolgloser,
ins Abseits gedrängter handlungsunfähiger Sozialist.
Aber es hatte mir die größte Freude gemacht, ihm den
Gott, an den er sich bedingungslos angeklammert gehabt hatte, aufzuklären und tatsächlich klar zu machen,
den verschlafenen Zweifler in seinem Krankenbett auf-
zuwecken, was mich selbst aufweckte in meinem Krankenbett und möglicherweise mein Überleben bedeutete.
Ich erzähle das, weil es, wenn ich an die sogenannte
Ehrengabe des Kulturkreises des Bundesverbandes der
Deutschen Industrie denke, ganz einfach wieder vor mir
steht, das sommerlich brütende Krankenhaus mit seiner
Hoffnungslosigkeit. Ich sehe die Patienten und ihre An-
gehörigen, die einen wie die andern mit der immer enger

gezogenen Hoffnungslosigkeit um den Hals, die perfi-
den Ärzte, die bigotten Schwestern, lauter verküm-
mernde Charaktere in diesen stinkenden und stickigen
Krankenhausgängen, Gemeinheit und Hysterie und
Opfermut in gleicherweise nur zu dem Zwecke der
Menschenvernichtung und ich höre im Herbst die Tau-
sende und Zehntausende von russischen Krähen in der
Luft über dem Krankenhaus, die am Nachmittag den
Himmel verdunkelten und verfinsterten und mit ihrem
Geschrei alle Ohren aller Patienten kaputtmachten. Ich
sehe die Eichhörnchen die Hunderte von weggeworfe-
nen und vollgespuckten Papiertaschentücher der Lun-
genkranken aufpicken und damit wie wahnsinnig auf
die Bäume rennen. Ich sehe den berühmten Professor
Salzer aus der Stadt herauskommen auf die Baumgartnerhöhe, wie er durch die Gänge geht, um den Patienten
im Operationssaal die Lungenflügel herauszuschneiden
mit der berühmten Professor Salzerschen Eleganz, auf
die Kehlköpfe und auf die halben Brustkörbe war der
Professor spezialisiert gewesen, immer öfter war der Professor Salzer auf die Baumgartnerhöhe gekommen und
immer mehr Patienten hatten immer weniger Kehlköpfe
und immer weniger Brustkörbe. Ich sehe, wie sich alle
vor dem Professor Salzer verneigen, obwohl der Professor keine Wunder wirken und nur in der besten Absicht
und mit der größten Kunstfertigkeit in die Patienten
hineinschneiden und sie verstümmeln konnte und wie

er jede Woche nach einem genau aufgestellten Plan die Opfer seines Wirkens mit seiner hohen Kunst viel früher ins Grab beförderte, als auf die natürliche Weise ohne ihn, obwohl er, der Beste der Besten auf seinem Gebiete, nichts dafür konnte, ganz im Gegenteil, waren er und seine Kunst und seine Eleganz ganz und gar von seinem hohen, ja höchsten Ethos gelenkt gewesen. Alle wollten sie von dem Professor Salzer operiert sein, der ein Onkel meines Freundes Paul Wittgenstein war, von der Universitätskapazität aus der Stadt, die so unnahbar war, daß sie, wenn sie vor ihm gestanden waren, ihre Stimme verloren hatten. Der Professor kommt, hieß es und das ganze Krankenhaus war eine heilige Stätte. Der Sechstagekrieg zwischen Israel und Ägypten war auf dem Höhepunkt, da überbrachte mir meine Tante, die jeden Tag in der Gluthitze nach zwei Stunden Straßenbahnfahrt mit mehreren Kilogramm Zeitungen zu mir auf die Baumgartnerhöhe gekommen war, das erste Exemplar der *Verstörung*. Aber ich war zu schwach, um mich daran auch nur einen Augenblick erfreuen zu können. Daß ich mich nicht freute, wunderte meinen Theologiestudenten, daß ich nicht stolz war auf das schöngedruckte Buch, ich hatte es nicht einmal aufheben können. Meine Tante blieb die ganze Besuchszeit bei mir, wie oft hat sie mir die Schüssel unter das Kinn gehalten, wenn ich nach sogenannten Eingriffen mich übergeben hatte. Da lag ich und hatte wie die, die links und rechts von mir starben, denselben Probeschnitt unter dem Kehlkopf und bekam die Nachricht, daß man mir die sogenannte Ehrengabe des Kulturkreises des Bundesverbandes der Deutschen Industrie zugedacht habe. Diese mehr traurige als unterhaltsame Einleitung habe ich skizziert, weil ich begründen will, warum mir diese sogenannte Ehrengabe damals wie nichts sonst willkommen gewesen war. Um in das Krankenhaus überhaupt aufgenommen zu werden und ich hatte in das Krankenhaus auf der Baumgartnerhöhe eingeliefert werden müssen!, hatte ich zuerst einmal die Summe von fünfzehntausend Schilling erlegen müssen, die ich naturgemäß nicht gehabt und die mir meine Tante vorgestreckt hatte. Aber meiner Tante wollte ich selbstverständlich den Betrag so bald als möglich zurückzahlen, so schrieb ich, kaum war ich in das Krankenhaus auf der Baumgartnerhöhe eingeliefert, an meinen Verleger um die Summe, genaugenommen nicht dem Verleger selbst, sondern der Lektorin mit dem Wunsch, mein Verleger möge mir zweitausend Mark überweisen. Prompt waren auch schon ein paar Tage nach meinem Ersuchen zweitausend Mark für mich angekommen. Da schrieb ich meiner Lektorin, daß ich mich sofort bei meinem Verleger für die zweitausend Mark bedanken werde, aber kaum hatte ich den Brief an die Lektorin abgeschickt, telegrafierte sie *nicht beim Verleger bedanken!*, warum nicht, wußte ich nicht. Ich erfuhr, *sie* hatte die zweitausend Mark ausgelegt, von ihrem privaten Konto abgehoben, der Verleger sei nicht gewillt gewesen. Es ist deprimierend, fünfzehntausend Schilling auftreiben zu müssen, um auf einer Todesstation überhaupt aufgenommen zu werden, aber so lagen die Dinge, so waren die Verhältnisse. Kurz, in diese Situation hinein kam die Nachricht, mich erwarte die Ehrengabe des Kulturkreises des Bundesverbandes der Deutschen Industrie. Die Verleihung sollte im Herbst stattfinden, ob im September oder Oktober, weiß ich nicht mehr. Jedenfalls war ich nur zwei oder drei Tage aus dem Krankenhaus entlassen, als ich nach Regensburg fuhr, wo man im Rathaus die Verleihung vorzunehmen gedachte. Mit mir erhielt damals die Dichterin Elisabeth Borchers die Ehrengabe. Ich fuhr auf schwachen Beinen und mit einer kleinen Umhangtasche meines Großvaters nach Regensburg. Ich dachte auf dieser Regensburgreise ununterbrochen an die achttausend Mark, an die riesige Summe, die ich erhalten sollte, während ich donauaufwärts fuhr. Ich träumte mit geschlossenen Augen von den achttausend Mark und malte es mir schön aus das Regensburg, das mich erwartete. Ich sollte im Hotel Thurn und Taxis absteigen, also an einer berühmten Adresse. Meine Gebrechlichkeit ließ mich auf der ganzen Fahrt immer wieder am Abteilfenster einnicken, die Donau, die Gotik, die deutschen Kaiser, dachte ich immer wieder, aber jedesmal wenn ich von meinem Einnicken aufwachte doch zuallererst an die

achttausend Mark. Ich kannte Herrn Rudolf de le Roi,
den Sprecher des Kulturkreises des Bundesverbandes der
Deutschen Industrie, der mir die Ehrengabe verschafft
hatte, nicht. Wahrscheinlich, so dachte ich, weiß er von
meiner Krankheit und hat mir wegen dieser Krankheit
die Ehrengabe zugeschanzt. Dieser Gedanke war ein Ab-
strich, denn ich hätte die Ehrengabe gern für *Verstörung*
oder für *Frost* bekommen, nicht für den *Morbus Boeck*.
Aber ich durfte nicht grübeln, ich verbot es mir, diese
Ehrengabe noch bevor ich sie bekommen habe, zu ent-
werten. Doderer und Gütersloh haben vor dir diese Ehrengabe bekommen, dachte ich, Schriftstellergrößen, die
ihren Stellenwert hatten, wenn ich selbst zu diesen beiden Berühmtheiten auch keinerlei Zugang hatte und
haben konnte. Vor drei Tagen noch im Krankenbett,
jetzt schon auf der Reise nach Regensburg, wo die Gotik
auf dich wartet, dachte ich. Die Donau wurde immer
noch schmäler, die Landschaft wurde immer noch lieb-
licher, schließlich, wo sie aufeinmal wieder öd geworden
war und grau und fade, war Regensburg. Ich stieg aus
und ging sofort in das Hotel Thurn und Taxis. Es war
wirklich ein Hotel erster Klasse für eine Stadt wie Regensburg. Mir gefiel es und tatsächlich hatte ich mich in
dem Hotel sofort wohl gefühlt, war ich doch von Anfang
an nicht allein gewesen, sondern in Gesellschaft der Elisabeth Borchers, die ich schon einmal in Luxemburg
getroffen hatte, auf einem der vielen sogenannten Dich-

tertreffen, auf die ich um die zwanzig herum mit meinen Gedichten gereist bin. So war gar nicht die Langeweile aufgekommen, die mich sonst immer in allen Hotels auf der ganzen Welt befällt, wenn ich allein in ihnen ankomme. Ich wußte, die Borchers ist eine intelligente Person und eine charmante Dame und ihr Ruf bei mir bestätigte sich auf das vortrefflichste. Wir schlenderten durch die Stadt, lachten ausgelassen und nützten die Gelegenheit, ungezwungen einen Abend genießen zu können. Natürlich war es nicht spät geworden, meine Krankheit hatte mich bald in mein Bett geworfen. Am nächsten Tag lernte ich Herrn Rudolf de le Roi kennen und den *Akzente*-Herausgeber Hans Bender, der, wie ich annehme, über die Vergabe der Ehrengabe mitbestimmte. Ich besitze noch eine Fotografie mit Borchers und Bender an einem Regensburger gotischen Brunnen. Die Stadt gefiel mir nicht, sie ist kalt und abstoßend und hätte ich nicht die Borchers gehabt und die achttausend Mark in Aussicht, ich wäre wahrscheinlich in der ersten Stunde wieder abgefahren. Wie hasse ich diese mittelgroßen Städte mit ihren berühmten Baudenkmälern, von welchen sich ihre Bewohner lebenslänglich verunstalten lassen. Kirchen und enge Gassen, in welchen immer stumpfsinniger werdende Menschen dahinvegetieren. Salzburg, Augsburg, Regensburg, Würzburg, ich hasse sie alle, weil in ihnen jahrhundertelang der Stumpfsinn warmgestellt ist. Aber ich dachte immer wieder an die achttausend Mark. In der Zeit meiner *Morbus Boeck*-Krankheit waren so viele Schulden aufgelaufen, die ich jetzt alle abzahlen werde können, dachte ich. Und am Ende bleibt mir noch ein Betrag ganz für mich. So ließ ich den Morgen der feierlichen Überreichung der Ehrengabe des Kulturkreises des Bundesverbandes der Deutschen Industrie (ich bemühe mich naturgemäß immer um den ganzen korrekten Titel) an mich herankommen. Herr de le Roi holte mich und Frau Borchers ab und wir gingen in das Rathaus, das als eines der kostbarsten der deutschen Gotik gilt. Mich drohte es zu erdrücken und zu ersticken, wie ich eintrat, aber ich sagte mir, Mut, Mut, immer nur Mut, mache alles, was jetzt mit dir geschieht, mit und nehme den Scheck über achttausend Mark an dich und verschwinde. Die Feier war ziemlich kurz. Herr von Bohlen und Halbach, der damalige Vorsitzende des Bundesverbandes der Deutschen Industrie sollte die Verleihung der Ehrengabe an Frau Borchers und mich vornehmen. Wir hatten mit Doktor de le Roi in der ersten Reihe Platz genommen. Links und rechts von uns waren die Honoratioren der Stadt, auch der Bürgermeister mit seiner schweren Kette. Ich hatte am Vorabend zu viel gegessen und fühlte mich elendig. Ich weiß gar nicht mehr, ob eine Rede gehalten wurde, aber wahrscheinlich doch, denn eine solche Feierlichkeit geht gar nicht ohne Rede. Die Ehrengäste drohten den Rathausfestsaal zur Explo-

sion zu bringen. Ich konnte kaum atmen. Ich drohte in
dieser Festsaalluft zu ersticken. Alles war voller Schweiß
und Würde. Aber wir hatten so viel gelacht am Vorabend, dachte ich, die Frau Borchers und ich, das allein
war es wert gewesen. Und dazu jetzt auch noch die achttausend Mark! Gleich ist der ganze Zauber vorbei und
wir bekommen den Scheck in die Hand!, dachte ich.
Natürlich hatte auch hier eine Kammermusikkapelle
Platz genommen, was sie aufspielte, weiß ich nicht
mehr. Und dann kam auch schon, wie mir in Erinnerung ist, völlig überraschend, der entscheidende Augenblick. Der Präsident von Bohlen und Halbach betrat das
Podium und las von einem Zettel Folgendes ab: ... *und
hiermit überreicht der Bundesverband der Deutschen Industrie die Ehrengaben neunzehnhundertsiebenundsechzig
an Frau Bernhard und Herrn Borchers!* Meine Nachbarin
zuckte zusammen, das merkte ich. Sie hatte doch eine
Schrecksekunde. Ich drückte ihre Hand und sagte, sie
solle nur an den Scheck denken, ob Herr Borchers und
Frau Bernhard oder Herr Bernhard und Frau Borchers,
was der Tatsache entsprach, sei gleichgültig. Frau Borchers und ich stiegen auf das Podium des Regensburger
Rathauses, in welchem kein Mensch außer den Betrof-
fenen und vielleicht doch noch Herr de le Roi und Herr
Bender den Irrtum des Herrn von Bohlen und Halbach
bemerkt hatten und nahmen jeweils einen Scheck über
achttausend Mark in Empfang. Wir verbrachten noch

einen schönen Tag in der schrecklichen Stadt und ich
reise nach Wien zurück, wo ich bei meiner Tante gut
aufgehoben war. Vor einem Jahr habe ich einen sogenannten Jubiläumsband des Kulturkreises des Bundesverbandes der Deutschen Industrie in die Hand bekommen, den sogenannten *Jahresring*, in welchem stolz alle
Träger seiner Ehrengaben angeführt sind. Nur mein
Name fehlte. Sollte Herr Doktor de le Roi, der, wie ich
mich erinnere, sehr liebenswürdige Herr, mich wegen
meines inzwischen geführten Lebenswandels, an dem
ich selbst gar nichts auszusetzen habe, von der Ehrenliste
gestrichen haben? Jedenfalls, hier habe ich Gelegenheit,
mitzuteilen, daß auch ich diese Ehrengabe des Kulturkreises des Bundesverbandes der Deutschen Industrie
erhalten habe. Und zwar in Regensburg. Und zwar im
gotischen Rathaus zu Regensburg.

Der Literaturpreis der Freien und Hansestadt Bremen

Nachdem ich fünf Jahre überhaupt nichts und dann in einem Jahr (1962) in Wien *Frost* geschrieben hatte, war meine Zukunft trostloser denn je gewesen. Ich hatte *Frost* an einen Freund geschickt, der Lektor im Inselverlag gewesen war und das Manuskript war innerhalb drei Tagen angenommen. Aber als es angenommen war, erkannte ich, daß die Arbeit unvollständig und in dieser unzureichenden Form nicht zu veröffentlichen sei. Ich schrieb in einer Frankfurter Pension, die in einer der verkehrsreichsten Straßen nahe dem Eschenheimer Turm gelegen und eine der billigsten gewesen war, die für mich in Frage gekommen sind, das ganze Buch um und alle Abschnitte in *Frost*, die einen Titel vorangestellt haben, habe ich in dieser Frankfurter Pension geschrieben. Ich stand um fünf Uhr früh auf und setzte mich an den kleinen Tisch am Fenster und wenn ich zu mittag fünf oder acht oder sogar zehn Seiten fertig geschrieben hatte, lief ich damit zu meiner Lektorin in den Inselverlag und besprach mit ihr, wo diese Seiten in das Manuskript einzuordnen seien. Das ganze Buch hatte sich in diesen Frankfurter Wochen vollkommen verändert, viele, wahrscheinlich an die hundert Seiten habe ich weggeworfen, so war es dann doch, wie ich glaubte, akzeptabel und konnte in Satz gehen. Als die Fahnen ausgedruckt waren, befand ich mich auf der Reise nach Warschau, wo ich eine Freundin besuchte, die dort an der Kunstakademie studierte. Ich quartierte mich in der kältesten Jahreszeit in der sogenannten Dziekanka, einem Studentenheim unmittelbar neben dem Regierungspalast, ein, lief wochenlang durch die schöne und aufregende und unheimliche Stadt Warschau und las die Fahnen. Zu mittag aß ich im sogenannten Schriftstellerklub und am Abend bei den Schauspielern, wo es noch besseres Essen gab. Ich verlebte eine meiner glücklichsten Zeiten in Warschau, immer hatte ich die Fahnen in meiner Manteltasche, mein Gesprächspartner war der Satiriker Lec, der seine berühmten Aphorismen in das Küchenbuch seiner Frau schrieb und der mich oft zu sich zuhause einlud und mir auch manchmal einen Kaffee auf der Nowy Świat zahlte. Ich war glücklich mit meinem Buch, das im Frühjahr dreiundsechzig erschien zugleich mit einer seitenlangen Besprechung in der *Zeit* von Zuckmayer. Aber als das allgemeine Besprechungsgewitter vorbei war, ungemein heftig und vollkommen kontrovers, vom peinlichsten Lob bis zum bösartigsten Verriß, war ich aufeinmal am Boden zerstört und wie in eine entsetzliche hoffnungslose Grube gefallen. Ich glaubte an dem Irrtum, Literatur sei meine Hoffnung, ersticken zu müssen. Ich wollte von der Literatur nichts mehr wissen. Sie hatte mich nicht glücklich gemacht, sondern in die stickige und stinkende Grube getreten, aus welcher es kein Entkommen mehr gibt, wie ich glaubte. Ich verfluchte die Literatur und meine Unzucht mit ihr und ging auf Baustellen und verdingte mich als Lastwagenchauffeur bei der in der Klosterneuburgerstraße ansässigen Firma Christophorus. Monatelang bin ich für die berühmte Gösser-Brauerei Bier ausgefahren. Dabei habe ich nicht nur sehr gut Lastwagenfahren, sondern auch die ganze Stadt Wien noch besser kennen gelernt, als ich sie bis dahin schon kannte. Ich wohnte bei meiner Tante und verdiente mir mein Geld als LKW-Fahrer. Von der Literatur wollte ich nichts mehr wissen, ich hatte alles, was ich gehabt hatte, in sie hineingestopft und sie hatte mich dafür in die Grube geworfen. Mich ekelte vor der Literatur, ich haßte alle Verleger und alle Verlage und alle Bücher. Es schien mir, als sei ich, indem ich *Frost* geschrieben habe, einem ungeheuerlichen Betrug zum Opfer gefallen. Ich war glücklich, wenn ich mich mit meiner Lederjacke auf den Fahrersitz fallen ließ und mit dem alten Steyrerwagen durch die Stadt donnerte. Jetzt hatte sich gezeigt, wie gut es gewesen war, vor Jahren schon das Lastwagenfahren zu lernen, Voraussetzung für einen Afrikaposten, den ich hatte Jahre vorher antreten wollen, zu welchem es aber, wie ich heute weiß, aus geradezu glücklichen Umständen nicht gekommen ist. Aber naturgemäß hatte auch

das Glück, der Gösser-Brauerei als Fahrer dienen zu dürfen, ein Ende. Ich haßte aufeinmal meine Tätigkeit und
gab sie auf, von einem Tag auf den andern und vergrub
mich unter der Bettdecke in meinem Kabinett bei meiner Tante. Sie hatte meinen Zustand begriffen, denn sie
lud mich eines Tages ein, mit ihr ins Gebirge zu fahren
auf ein paar Monate. Beiden sollte es gut tun, die abso-
lute Grausamkeit und Schädlichkeit der Großstadt für
ein paar Monate abzuwerfen, uns der Natur hinzugeben.
Ihr Ziel war Sankt Veit im Salzburger Land gewesen, der
Ort nahe dem Lungenkrankenhaus, in welchem ich jahrelang Patient gewesen war, in achthundert Metern und
also außerordentlich idealer Lage, sollte uns regenerie-
ren. An einem frühen Morgen traten wir vom Westbahnhof aus unsere Gebirgsreise an, meine Tante und
ich, ihr Gesellschafter bei freier Station. Aber muß ich
sagen, daß ich schon beim Auslaufen des Zuges aus dem
Westbahnhof das Land verfluchte und die Stadt Wien
mir zurücksehnte? Je weiter weg von Wien der Zug gewesen war, desto trauriger war ich gewesen, ich mache
jetzt einen Fehler, dachte ich, indem ich Wien den Rük-
ken kehre und mit meiner Tante aufs Land fahre, aber
ich kann diesen Fehler nicht mehr korrigieren. Ich bin ja
kein Landmensch, ich bin ein Stadtmensch, sagte ich
mir und es gab kein Zurück. Naturgemäß hatte ich mein
Glück auf dem Land nicht gefunden, mich langweilten
die Menschen, ja ich verabscheute sie, mich langweilte

die Natur und ich verabscheute sie, ich fing an, die Menschen und die Natur zu hassen. Ich war zu einem trübsinnigen Grübler geworden, der auf und zwischen den Wiesen hinundherging und der durch die Wälder lief mit hängendem Kopf und der schließlich jede Nahrung verweigerte. So hatte mich meine insgeheime Opposition gegen das Land- und Gebirgsleben geradeaus in die Katastrophe geführt, ich war nur noch eine höchst bedauerliche Karikatur meiner selbst und an mein fürchterlichstes Existenzunglück gekettet, als der Literaturpreis der Freien Hansestadt Bremen kam. Nicht der Preis selbst war es, der mich aus meiner Stimmungs-, ja aus meiner Existenzkatastrophe errettete, sondern der Gedanke, mit der Preissumme von zehntausend Mark mein Leben abzufangen, ihm eine radikale Wendung zu geben, es wieder möglich zu machen. Der Preis war angekündigt, die Preissumme war mir bekannt, ich hatte die Möglichkeit, das Vernünftigste mit dem Geld zu tun. Mein Wunsch war schon immer gewesen, ein Haus für mich allein zu haben und wenn schon kein richtiges Haus, so doch Mauern um mich herum, in welchen ich tun und lassen kann, was ich will, in welche ich mich einsperren kann. So dachte ich, ich werde mir mit der Preissumme solche Mauern verschaffen und ich nahm Kontakt auf mit einem Liegenschaftshändler, der mich dann auch gleich in Sankt Veit besuchte und mir einige Objekte vorschlug. Natürlich waren alle diese Objekte zu teuer, ich hatte, wenn ich das Preisgeld hatte, nur einen Bruchteil des Kaufpreises in Händen. Aber warum nicht? dachte ich und ich vereinbarte mit dem Liegenschaftshändler eine Zusammenkunft Anfang Jänner in Oberösterreich, wo er zuhause war und seine Objekte an der Hand hatte, es seien vornehmlich alte, zum Teil schon verfallene Bauernhöfe, die er mir anzubieten habe, alle in der Preislage zwischen Hundert- und Zweihunderttausend Schilling. Aber meine Preissumme war ja nur siebzigtausend. Vielleicht finde ich schon um siebzigtausend solche für mich geeigneten Mauern, um mich darin einsperren zu können, ich dachte nicht an ein Haus, wenn ich an ein Objekt für mich dachte, ich dachte an Mauern und zwar an Mauern, um mich in ihnen einsperren zu können. Ich fuhr nach Oberösterreich und meine Tante fuhr mit mir und wir suchten den Liegenschaftshändler auf. Der Mann beeindruckte mich, ich hatte sofort Gefallen an ihm gefunden, er war tüchtig und sein Charakter erschien mir als einwandfrei. Wir kamen in eine Landschaft, in welcher meterhoher Schnee gelegen war und stapften zum Haus des Liegenschaftshändlers. Er setzte uns in seinen Wagen und er erläuterte anhand eines Zettels, wo die zu besichtigenden Objekte liegen und was für eine Fahrtroute wir von Objekt zu Objekt zurücklegen wollten. Insgesamt hatte er an die elf oder zwölf zum Verkauf paratstehende Gehöfte auf seinem Zettel notiert. Er warf die Wagentüren

zu und die Besichtigungsfahrt hatte angefangen. Schon
hatte sich dichter Nebel auf die ganze Landschaft gesetzt
und wir sahen nichts, nicht einmal die Straße sahen wir,
auf welcher uns der Liegenschaftshändler zum ersten
Objekt fuhr. Er selbst hatte vor sich nichts als Nebel
gesehen, aber er kannte ja die Straße und wir verließen
uns auf ihn. Meine Tante war wie ich neugierig, beide
schwiegen wir, ich weiß nicht, was in meiner Tante vorgegangen war, sie wußte nicht, was in mir vorging, der
Liegenschaftshändler wußte nicht, was in uns beiden
vorgegangen war, er sagte kein einziges Wort, hielt plötzlich und meinte, wir sollten aussteigen. Tatsächlich sah
ich im Nebel eine riesige Mauer vor mir, aus großen
Steinblöcken zusammengesetzt. Der Liegenschaftshändler öffnete ein aus den Angeln gerissenes großes Holztor
und wir gingen in einen großen Hof hinein. Auch in
dem Hof war meterhoher Schnee gelegen, es hatte den
Anschein, als hätten die Besitzer des Objekts dieses Hals
über Kopf verlassen und alles liegen- und stehengelassen,
ich dachte, die Besitzer hat ein schweres Unglück getroffen. Das Objekt stünde seit einem Jahr leer, sagte der
Liegenschaftshändler und ging uns voraus. In jedem
Raum, in den wir eintraten, sagte er, es sei ein ganz
besonders schöner Raum und er sagte auch immer wieder die beiden Wörter *ausgezeichnete Proportionen* und es
störte ihn nicht im geringsten, daß er alle Augenblicke
durch einen der verfaulten Fußböden einbrach und sich

durch einen geschickten Sprung aus der Tiefe der Fäulnis zu retten hatte. Der Liegenschaftshändler war vorausgegangen, hinter ihm folgte ich, hinter mir meine Tante. Wir gingen durch die Räume wie auf Brettern, wie wenn wir einen trüben stinkenden Tümpel zu überqueren hätten, manchmal blickte ich mich um nach meiner Tante, die aber sehr geschickt war, geschickter als ich und der Liegenschaftshändler. Es gab elf oder zwölf Räume zu besichtigen, alle in völlig verwahrlostem Zustand und der Geruch von Hunderten, wenn nicht, wie ich dachte, von Tausenden von vertrockneten alten Mäusen und Ratten war in der Luft. Alle Fußböden waren durchgemorscht, durchgefault und die meisten Fensterstöcke waren von Wind und Wetter herausgerissen. Unten in der Küche, in welcher ein großer schmutzstrotzender völlig verrosteter Emailherd stand, war die Wasserleitung nicht abgedreht gewesen und das Wasser ergoß sich auf den Fußboden und unter den Fußboden und der Liegenschaftshändler sagte, die Besitzer, die das Haus vor einem Jahr verlassen hätten, hätten den Wasserhahn abzudrehen vergessen und er ging zum Wasserhahn hin und drehte ihn ab. Er selbst habe das Objekt noch nie besichtigt, wir seien die ersten, denen er es zeige, er sei entzückt von den außerordentlich gelungenen Proportionen. Meine Tante hatte sich ein Taschentuch vor den Mund gehalten, um den Gestank auszuhalten, der in dem Objekt gewesen war, nicht nur den Fäulnisgeruch, in den Ställen lagen noch überall riesige Misthaufen, die von den Besitzern nicht wegge- räumt worden waren. Immer wieder hatte der Liegen- schaftshändler *außerordentliche Proportionen* gesagt und je öfter er diese Feststellung machte, desto klarer war mir, daß er recht hatte, am Ende sagte nicht mehr *er*, das Objekt habe außerordentliche Proportionen, sondern *ich* sagte es und sagte es alle Augenblicke. Ich steigerte mich geradezu hinein, die Wörter *außerordentliche Pro- portionen* in immer kürzeren Abständen zu sagen und schließlich war ich überzeugt, daß das ganze Objekt tat- sächlich ganz und gar *außerordentliche Proportionen* hat. Von einem Augenblick auf den andern, war ich von dem ganzen Objekt besessen gewesen und als wir wieder vor dem Tor standen, um zum nächsten zu fahren und der Liegenschaftshändler eilte jetzt, denn wir hatten ja noch zehn oder zwölf zu besichtigende Objekte vor uns, sagte ich, daß mich alle diese Objekte nicht mehr interessier- ten, ich hätte das Objekt für mich schon gefunden, die- ses sei es, denn es habe ganz und gar *außerordentliche Proportionen*, es seien die idealen für mich und daß ich gewillt sei, mit dem Liegenschaftshändler sofort den notwendigen Vertrag abzuschließen. Bis zu dieser Äu- ßerung meinerseits und dem Beginn der Besichtigung, war nicht mehr als eine Viertelstunde vergangen. Meine Tante war erschrocken, sie sagte, ich solle keinen Unsinn machen, sie fand diese Mauern entsetzlich, naturgemäß, und als wir wieder im Wagen saßen, um zum Haus des Liegenschaftshändlers zurückzufahren, um den Vertrag aufzusetzen, meinte sie hinter mir immer wieder, ich solle mir doch die ganze Sache noch gründlich überlegen, *überschlafen* solle ich sie, sagte sie. Aber mein Entschluß stand fest. Ich hatte meine Mauern gefunden. Ich machte dem Liegenschaftshändler den Vorschlag, eine Anzahlung von siebzigtausend Schilling Ende Jänner, also nach der Preisverleihung in Bremen, zu machen, den Rest im Laufe des Jahres zu erlegen. Immerhin war dieser Rest ein Betrag von über Hundertfünfzigtausend Schilling gewesen und wenn ich auch überhaupt noch nicht wußte, woher mit diesem Geld, ich machte mir darüber keinerlei Sorgen. *Überlegen, überschlafen*, sagte meine Tante immer wieder, während der Liegenschaftshändler schon den Vertrag aufsetzte. Mir gefiel die Art und Weise des Liegenschaftshändlers, wie er schrieb, was er sagte, seine ganze Umgebung. Ich selbst tat so, als spielte Geld keine Rolle, das beeindruckte den Liegenschaftshändler, während uns seine Frau in der Küche eine köstliche Eierspeise anrichtete. Eine halbe Stunde, nachdem ich Nathal, so hießen meine Mauern, zum erstenmal gesehen hatte und nicht einmal deutlich gesehen habe, denn wie gesagt, waren sie vollkommen im Nebel und ganz abgesehen davon, daß ich von der Umgebung der Mauern, also von der Landschaft überhaupt nichts gesehen hatte, nur Vermutungen angestellt hatte darüber, unterschrieb ich den sogenannten Vorvertrag. Wir aßen die Eierspeise und unterhielten uns noch einige Zeit mit dem Liegenschaftshändler und verließen ihn. Er brachte uns auf die Bahn und wir fuhren ins Gebirge zurück. Tatsächlich sind mir auf dieser Fahrt, während welcher meine Tante in entsetzlicher Ahnung kein Wort mehr verloren hat, zugegeben die sogenannten Grausbirnen aufgestiegen, jetzt dachte ich aufeinmal, was denn eigentlich geschehen sei, in was ich mich eingelassen habe, denn ich hatte mich naturgemäß in eine Fürchterlichkeit eingelassen. Ich verbrachte eine Reihe von schlaflosen Nächten, in welchen mir naturgemäß nicht klar werden konnte, was ich nun eigentlich wirklich getan und unterschrieben hatte und woher ich die sogenannten restlichen hundertfünfzigtausend Schilling nehmen solle. Aber der Tag der Preisverleihung in Bremen wird kommen und dann habe ich die erste Siebzigtausendschillingrate und bin gerettet, dachte ich. Meine Tante enthielt sich jeglichen Kommentars. Ich hatte zum ersten Male in meinem Zusammensein mit ihr auf ihren Rat nicht gehört. Ich reiste also nach Bremen, das ich nicht kannte. Hamburg kannte ich und liebte ich immer wie auch heute, Bremen verabscheute ich vom ersten Moment an, es ist eine kleinbürgerliche unzumutbar sterile Stadt. Gleich gegenüber dem Bahnhof war in einem neuerbauten Hotel für mich ein Zimmer bestellt, ich weiß nicht mehr, wie das Hotel gehei-

ßen hat. Ich verkroch mich in mein Hotelzimmer, um
die Stadt Bremen nicht sehen zu müssen und wartete
den Morgen der Preisverleihung ab. Diese Preisverleihung sollte im alten Bremer Rathaus stattfinden und sie
fand auch dort statt. Mein größtes Problem war, daß
man mir aufgetragen hatte, eine Rede zu halten vor der
Versammlung und ich war schon in Bremen und hatte
noch immer nicht einmal eine Idee für eine solche Rede,
von welcher ich ja schon wochenlang gewußt habe und
auch noch in der Nacht fiel mir die Idee für eine solche
Rede nicht zu und ich hatte sie auch noch am Morgen
nicht. Nun eilte es aber. Während des Frühstücks fiel
mir ein, daß es ja in bezug auf Bremen die Bremer Stadt-
musikanten gibt und ich machte mir im Kopf ein Konzept, in dessen Mittelpunkt die Bremer Stadtmusikan-
ten standen. Ich trank meinen Tee aus und lief auf
mein Zimmer und setzte mich aufs Bett und machte
eine Skizze. Ich machte eine zweite Skizze und eine
dritte. Dann mußte ich einsehen, daß meine Idee eine
schlechte Idee gewesen ist und ich mußte auf eine andere
kommen. Aber die Zeit eilte. Inzwischen war schon nach
mir telefoniert worden und es war auch gefragt worden,
wielang meine Rede sei. Sie ist nicht lang, sagte ich am
Telefon, gar nicht lang, das sagte ich, obwohl ich noch
nicht einmal die Idee für eine solche Rede gefunden
hatte. Eine halbe Stunde vor Beginn der Feierlichkeit im
Rathaus setzte ich mich auf mein Bett und schrieb den

Satz »Mit der Kälte nimmt die Klarheit zu«, ich dachte,
jetzt habe ich einen akzeptablen Einfall für meine Rede
vor der Versammlung. Schnell entwickelten sich mit diesem Satz als Zentrum, ein paar weitere Sätze und innerhalb zehn oder zwölf Minuten hatte ich immerhin eine
halbe Papierseite vollgeschrieben. Als man mich abholte
vom Hotel und zum Rathaus führte, hatte ich meine
Rede gerade fertig gehabt. Mit der Kälte nimmt die Klarheit zu, dachte ich, während ein paar Herren mich zum
Rathaus geleiteten, ich hatte das Gefühl, sie führten
mich ab, zu einer Gerichtsverhandlung. Sie hatten ihren
Häftling in die Mitte genommen und waren mit ihm
vom Hotel in die Stadt hineingegangen ins Rathaus. Das
Rathaus war schon voll besetzt, es war vor allem mit
Schulklassen angefüllt. Auch dieses Bremer Rathaus ist
ein berühmtes Rathaus, aber auch dieses Rathaus be-
drückte mich so wie alle anderen berühmten Rathäuser
mich immer bedrückt haben. Auch hier funkelten die
Orden und glitzerten die Bürgermeisterketten. Da
wurde ich feierlich in die erste Reihe geleitet und hatte
neben dem Bürgermeister Platz zu nehmen. Ein Mann
betrat das Podium und sprach über mich. Er war aus
Frankfurt angereist gekommen, um eine halbe Stunde
über mein erstes Prosabuch zu reden. Er sprach sehr
eindringlich und es war lauter Lob, wie ich mich erinnere, aber ich verstand nichts von allem. Ich sah die
ganze Zeit nur meine Mauern von Nathal und dachte

nach, wie ich diese Mauern bezahlen werde. Daß es sich immer solange hinzieht, dachte ich, bis das Geld endlich flüssig geworden ist. Als mein Lobredner geendet hatte und vor allem die Schulkinder, wie es schien, begeistert in die Hände klatschten, bedeutete man mir, auf das Podium zu steigen. Auf dem Podium wurde mir dann die Preisurkunde überreicht, von der ich heute nicht mehr weiß, wie sie ausgesehen hat, ich besitze sie nicht mehr, wie ich auch alle andern Preisurkunden nicht mehr besitze, sie sind im Laufe der Jahre verloren gegangen. Nun hatte ich die Urkunde und meinen Scheck in der Hand und ich ging an das Rednerpult und verlas meine Notizen von der Klarheit, die in der Kälte zunimmt. Gerade als sich die Zuhörer auf meine Rede einzustellen begannen, war sie auch schon vorbei gewesen. Das war das Kürzeste, das jemals ein Bremer Preisträger gesagt hatte, dachte ich und ich erhielt nach der Feierlichkeit die Bestätigung dafür. Da stand ich nun und mußte für die Fotografen nocheinmal mit dem Bürgermeister die Hände schütteln. Draußen auf dem Gang stand aufeinmal völlig unvorhergesehen mein alter Freund, der Lektor, der binnen drei Tagen *Frost* angenommen hatte vor mir und sagte, wie er sich mit mir völlig allein gewußt hatte, sozusagen im Vertrauen: du bitte, leih mir fünftausend Mark, ich habe sie dringend notwendig. Ja, selbstverständlich sagte ich, ohne mir über diese Konsequenz klar zu sein und ich sagte, ich werde sofort nach zwei Uhr, wenn die Bremer Banken wieder aufgesperrt haben, mit ihm auf eine Bank gehen und den Scheck einlösen und ihm die fünftausend Mark geben. Wie oft hat er mir Geld geliehen, dachte ich, immer wieder und immer wieder und es ist noch nicht lange her, rettete er mich aus einer meiner fatalen Finanzkatastrophen! Es gab unmittelbar nach der Feierlichkeit ein Essen in einem vornehmen Bremer Restaurant, das ich um zwei Uhr verließ, um mit meinem Freund auf die Bank zu gehen und den Scheck für *Frost* einzulösen. Immerhin fahre ich von Bremen nach Gießen und halte dort in einem sogenannten evangelischen Bildungsheim eine Vorlesung und bekomme dafür zweitausend Mark. Dann habe ich immerhin wieder siebentausend. Dieser Gedanke machte mich gleich wieder glücklich. Ich habe am nächsten Tag noch einen anderen Freund aufgesucht in Bremen, der dort in einer Dachkammer hauste und mit welchem ich mich, bei einem guten Tee und mit dem Blick auf die bleierne Weser, ganz ausgezeichnet über Theater unterhalten habe, wir haben vor allem über Artaud gesprochen. Gleich nach dieser Unterhaltung fuhr ich nach Wien zurück. Und ich habe es naturgemäß nicht mehr erwarten können, in meine neuerworbenen Mauern in Nathal einzuziehen. Wie ich sie schließlich in den Griff bekommen und mit meinen eigenen Händen mehr oder weniger gut um- und ausgebaut und dann auch noch im Laufe der Jahre

finanziert habe, dafür ist hier nicht der Platz. Aber der
Bremer Preis war der Anstoß für meine Mauern gewesen, ohne ihn hätte alles mit mir wahrscheinlich eine
andere Richtung und Entwicklung genommen. Jedenfalls fuhr ich noch einmal nach Bremen im Zusammenhang mit dem sogenannten Bremer Literaturpreis und
ich bin nicht gewillt, die Erfahrung, die ich auf dieser
zweiten Bremer Reise gemacht habe, zu verschweigen.
Ich war ein sogenanntes Jurymitglied für den nächsten
Preisträger und ich war schon mit der unumstößlichen
Absicht nach Bremen gefahren, meine Stimme Canetti
zu geben, der, wie ich glaube, bis dahin noch keinen
einzigen Literaturpreis bekommen hatte. Aus was für
einem Grund immer, kein anderer als Canetti kam damals für mich in Frage, alles andere empfand ich als
lächerlich. Es war ein langer Tisch, wie ich glaube, in
einem Bremer Restaurant, in welchem diese Jurysitzung
stattfand, an welchem eine Reihe von sogenannten
stimmberechtigten Herren saßen, darunter auch der berühmte Senator Harmsen, mit dem ich mich ausgezeichnet verstand. Ich glaube, alle hatten ihren Kandidaten,
der niemals Canetti gewesen war, genannt, als ich an die
Reihe gekommen war und *Canetti* sagte. Ich war dafür,
Canetti den Preis zu geben für seine *Blendung*, das ge-
niale Jugendwerk, das ein Jahr vor dieser Jurysitzung
wieder neu gedruckt worden war. Mehrere Male sagte
ich das Wort *Canetti* und jedesmal hatten sich die Ge-

sichter an dem langen Tisch wehleidig verzogen. Viele
an dem Tisch wußten gar nicht, wer Canetti war, aber
unter den wenigen, die von Canetti wußten, war einer,
der plötzlich, nachdem ich wieder Canetti gesagt hatte,
sagte: aber der ist ja *auch* Jude. Dann hatte es nur noch
ein Gemurmel gegeben und Canetti war unter den Tisch
gefallen. Ich habe diesen Satz *Aber der ist ja auch Jude!*
noch heute im Ohr, wenn ich auch nicht sagen kann,
wer an dem Tisch diesen Satz gesagt hat. Aber noch
heute höre ich sehr oft diesen Satz, aus einer ganz un-
heimlichen Ecke ist dieser Satz gekommen, wenn ich
auch nicht weiß, wer ihn gesagt hat. Dieser Satz hat jede
weitere Debatte über meinen Vorschlag, Canetti den
Preis zu geben, im Keim erstickt. Ich hatte es damals
vorgezogen, mich an der weiteren Debatte überhaupt
nicht mehr zu beteiligen und war nur noch schweigend
am Tisch gesessen. Nun war aber die Zeit schon weit
fortgeschritten und obwohl in der Zwischenzeit unendlich viele entsetzliche Namen genannt worden waren,
die ich alle nur mit Geschwätz und mit Dilettantismus
in Zusammenhang bringen konnte, war noch kein
Preisträger da. Die Herren schauten schon auf die Uhr
und durch die Flügeltüren drang schon der Bratenduft.
So *mußte* der Tisch ganz einfach eine Entscheidung fällen. Zu meiner größten Verblüffung zog plötzlich einer
der Herren, ich weiß wieder nicht, welcher, aus dem
Bücherhaufen auf dem Tisch, wie mir schien wahllos,

ein Buch von Hildesheimer heraus und sagte in umwerfend naivem Tone und geradezu schon im Aufstehen zum Mittagessen: *Nehmen wir doch Hildesheimer, nehmen wir doch Hildesheimer* und Hildesheimer war gerade jener Name, der während der ganzen stundenlangen Debatten überhaupt nicht gefallen war. Nun war plötzlich der Name Hildesheimer gefallen und alle rückten auf ihren Sesseln und waren erleichtert und stimmten in den Namen Hildesheimer ein und binnen ein paar Minuten war Hildesheimer zum neuen Bremer Preisträger bestimmt. Wer wirklich Hildesheimer war, wußten sie wahrscheinlich alle nicht. Im Augenblick wurde auch schon an die Presse die Mitteilung gegeben, Hildesheimer sei nach dieser über zweistündigen Sitzung der neue Preisträger. Die Herren erhoben sich und gingen hinaus in den Speisesaal. Der Jude Hildesheimer hatte den Preis bekommen. Für mich war *das* die Pointe des Preises. Ich habe sie nicht verschweigen können.

Der Julius-Campe-Preis

Neunzehnhundertvierundsechzig wurde der Julius-Campe-Preis, den der Hamburger Hoffmann und Campe-Verlag zum Andenken an den Heine-Verleger Julius Campe gestiftet hat, dreigeteilt und die Preissumme von fünfzehntausend Mark ging an Gisela Elsner, Hubert Fichte und mich. Es war das erstemal, daß ich für eine schriftstellerische Arbeit eine Auszeichnung bekommen habe und es begeisterte mich vor allem, daß es sich um eine Auszeichnung handelte, die aus Hamburg kam und die mit dem ersten Verleger Heinrich Heines unauflöslich verbunden ist, denn Julius Campe war der erste Verleger der *Harzreise* und einer Reihe der allerbesten Gedichte, die jemals ein deutscher Dichter geschrieben hat. Julius Campe war mir natürlich kein Unbekannter, ich hatte die Biografie von Brinitzer gelesen. In Wahrheit war der Julius-Campe-Preis neunzehnhundertvierundsechzig gar nicht vergeben worden, weil die Jury sich auf keinen Schriftsteller für den Preis hatte einigen können und die drei gleichen Teile der Preissumme waren als sogenannte Arbeitsstipendien bezeichnet worden, das hinderte mich aber gar nicht daran, von dem Augenblick an, da ich ein solches Stipendium in Aussicht hatte, immer zu denken und zu sagen, ich hätte den

Julius-Campe-Preis bekommen. Ich war sehr stolz und wahrscheinlich das einzige Mal über eine Auszeichnung völlig unbefangen in tiefstem Herzen glücklich über diese Nachricht aus Hamburg und ich versuchte, sie so schnell als möglich überall zu verbreiten, ich lebte bei meiner Tante in Wien und ich ging durch den Ersten Bezirk über den Graben und durch die Kärntnerstraße und über den Kohlmarkt und durch den Volksgarten und ich dachte, alle Leute, die mir begegneten, wissen von meinem Glück, daß ich den Julius-Campe-Preis bekommen habe. Wenn ich mich in ein Kaffeehaus setzte, setzte ich mich von dem Augenblick an, in welchem ich mich als Julius-Campe-Preisträger fühlen durfte, anders an den Tisch als vorher, ich bestellte meinen Kaffee anders als vorher, ich hielt die Zeitungen anders in der Hand als vorher und insgeheim wunderte ich mich, daß mich nicht alle Leute auf der Straße angesprochen haben auf das Ereignis. Auch wer mich nicht danach fragte, wurde von mir darüber aufgeklärt, daß ich soeben den Julius-Campe-Preis bekommen habe und ich erklärte, wer Julius Campe war, was niemand in Wien wußte und wer Heinrich Heine war, denn auch das wußten viele Leute in Wien nicht und was es mit einer solchen außerordentlichen Auszeichnung auf sich habe. Es sei eine ungeheuerliche Ehre, sagte ich, einen Preis zu bekommen, der mit dem Namen Heinrich Heine verbunden sei und noch dazu aus Hamburg komme, aus jener

Stadt, die ich damals am meisten liebte und die immer zu meinen mir liebsten Städten gehört hat, ich kenne in Deutschland auch heute noch keine andere, durch welche ich mit einer solchen unbeschwerten und glücklichen Selbstverständlichkeit gehe. Und in welcher ich tatsächlich längere Zeit und wer weiß, vielleicht sogar viele Jahre leben könnte. Nach Hamburg war ich schon früh gekommen und vielleicht hängt es mit der Tatsache zusammen, daß ich mein erstes Lebensjahr auf einem Fischkutter im Rotterdamer Hafen verbracht hatte, daß Hamburg genau das für mich ist, was der Volksmund die Liebe auf den ersten Blick nennt. Ich war oft und beinahe jährlich Gast in einem Backsteinhaus in Wellingsbüttel, nicht weit von der Stelle entfernt, wo die Alster entspringt und dazu ehre und liebe ich die Hamburger. Schon die Art und Weise, wie mir mein Anteil an dem Julius-Campe-Preis zugesprochen worden war, darf ich als die sympathischste bezeichnen. Man schrieb in zwei oder drei Sätzen, daß man mich für einen der drei Teile des Preises ausgewählt habe und ich könne mir die Summe von fünftausend Mark abholen wann ich wolle, sie läge im Verlagshaus Hoffmann und Campe auf dem Harvestehuder Weg parat. Keine Feierlichkeit, keinerlei Fest sollte es geben. Also hatte ich tatsächlich eine günstige Gelegenheit, wieder nach Hamburg zu reisen, ich bestieg eines Tages auf dem Westbahnhof einen Zug nach Kopenhagen und lehnte mich in einem mir für diesen Zweck am geeignetsten erscheinenden Abteil zum Schlafen hin. Aber an Einschlafen war natürlich nicht zu denken, denn meine Aufregung über meine erste Auszeichnung für eine schriftstellerische Arbeit, für *Frost*, war zu groß gewesen. Aus Hamburg habe ich den Preis bekommen, aus Hamburg, aus Hamburg, dachte ich immer wieder und ich verachtete die Österreicher insgeheim, die mir bis dahin noch niemals auch nur die Spur einer Anerkennung gezeigt hatten. Von der Nordsee herunter war die Kunde gekommen, von der Binnenalster! Nun war Hamburg nicht nur die schönste aller Großstädte für mich, sondern auch noch der Gipfel der Hellsicht, ganz abgesehen von dem ungeheuerlichen Kosmopolitismus, der Hamburg von eh und je ausgezeichnet hat. In Hamburg hatten mir die Hoffmann- und Campe-Leute ein großes Zimmer in einer alten Binnenalstervilla bestellt gehabt, dorthin ließ ich mich mit dem Taxi fahren. Kaum war ich in dem Zimmer angekommen, meldete sich schon eine Zeitung, die mit mir ein Interview machen wollte. Ich lehnte mich in einen Fauteuil zurück und sagte zu. Ich packte meine paar Sachen aus und schon klingelte es und die Leute von der Zeitung waren schon da und hatten ihre Bleistifte gezückt. Das war das erste Interview meines Lebens, möglicherweise gab ich es dem *Hamburger Abendblatt*, wer weiß. Ich war so aufgeregt, daß ich keinen einzigen Satz vollständig zuende sagen hatte können, auf alle Fragen wußte ich zwar sofort eine Antwort, aber ich war nicht glücklich über meine Formulierungskunst. Ich dachte, die Leute merken jetzt, daß du aus Österreich kommst, wo die Füchse Gutenacht sagen. Am nächsten Tag sah ich mein Bild in der Zeitung und anstatt, wie erwartet, mich hellauf zu freuen, schämte ich mich jetzt über den Unsinn, den ich den Leuten von der Zeitung zum Besten gegeben hatte und mein Bild verabscheute ich, wenn ich wirklich so aussehe wie auf diesem Foto, habe ich gedacht, wäre es besser, mich in ein finsteres Gebirgstal zurückzuziehen für immer und die Außenwelt niemehr zu betreten. Da saß ich jetzt und schmierte mir dick Orangenmarmelade auf das Frühstücksbrot und war zutiefst verletzt. Ich getraute mich die Vorhänge gar nicht aufzuziehen und so verbrachte ich, wie von einer undefinierbaren Lähmung im ganzen Körper befallen, in meinem Fauteuil sitzend mehrere Stunden. Mir war so übel, wie mir noch niemals vorher gewesen war. Plötzlich fiel mir aber mein Preisanteil ein, die fünftausend Mark beherrschten aufeinmal meinen Kopf und ich schlüpfte in meinen Rock und lief zum Verlag Hoffmann und Campe, es war ein herrlicher Weg in der besten Luft und ich hatte den Eindruck, zum erstenmal in meinem Leben sehe ich die elegante Welt. Jede dieser komfortablen Villen an der Binnenalster betrachtete ich mit dem größten Interesse und mit der größten Aufmerksamkeit. Schließlich war ich im Verlag Hoffmann und Campe angekommen, ich meldete mich und ich wurde auch gleich vom Verlagsleiter persönlich empfangen. Der Herr schüttelte mir die Hand, forderte mich auf, niederzusetzen und nahm aus der herausgezogenen Schreibtischlade ein schon vorbereitetes Kuvert und überreichte es mir. Hier der Scheck, sagte er. Dann fragte er mich, ob ich gut untergebracht sei. Dann war eine Pause entstanden, während welcher ich immer gedacht habe, ich sollte etwas Gescheites, etwas Philosophisches, vielleicht wenigstens etwas Vernünftiges sagen, aber ich sagte nichts, mein Mund war nicht aufgegangen. Schließlich hatte ich den Eindruck, daß eine peinliche Situation entstanden war und gleich darauf sagte der Herr, ich solle mit ihm zu mittag essen gehen, in den sogenannten Englischen Club. Dorthin war ich zu mittag auch gegangen und hatte mit dem Herren eines der vorzüglichsten Essen gegessen, die ich bis dahin gegessen hatte. Das Essen endete mit einem ausgiebigen Schluck Fernet-Branca und dann stand ich auf der Straße, am Alsterufer und hatte mich auch schon von dem Herrn Verlagsleiter von Hoffmann und Campe verabschiedet. Der Hauptgrund meiner Hamburgreise war damit zuende. Ich übernachtete noch einmal in der alten Alstervilla und zog dann nach Wellingsbüttel zu meinen Freunden. Ich weiß nicht mehr, wielange ich dort geblieben bin. Jetzt sei ich eine Berühmtheit, sagten meine Freunde und wenn sie mit mir einen Besuch machten, sagten sie zu den Gastgebern, dieser Österreicher, den wir mitgebracht haben, ist jetzt eine Berühmtheit. Die Leute machten es mir alle schwer, mich von Hamburg zu trennen. Als ich in Wien angekommen war, machte ich sofort den Entschluß wahr, den ich schon auf der Hinreise nach Hamburg gefaßt hatte: ich kaufte mir um die volle Preissumme ein Auto. Der Autokauf hatte folgendermaßen stattgefunden: ich sah in der Auslage des Autohauses Heller gegenüber dem sogenannten Heinrichshof inmitten von anderen Luxuswagen einen Triumph Herald stehen. Der Wagen war weiß lackiert und mit rotem Leder gepolstert. Er hatte ein Armaturenbrett aus Holz mit schwarzen Knöpfen und er hatte genau den Preis von fünfunddreißigtausend Schilling, also fünftausend Mark angeschrieben. Es war das erste Auto, das ich auf meiner Erkundungstour nach einem Auto gesehen hatte und es war auch schon jenes, das ich kaufte. Ich stand etwa eine halbe Stunde nicht ununterbrochen, aber immer wieder vor der Auslage und betrachtete den Wagen. Er war elegant, er war englisch, was schon beinahe eine Voraussetzung gewesen war und er hatte genau die Größe, die mir paßte. Schließlich betrat ich das Geschäft und ging auf den Wagen zu und ging ein paarmal um den Wagen herum und sagte, diesen Wagen werde ich kaufen. Ja, sagte der Verkäufer, er werde sehen, daß mir in den nächsten Tagen schon ein solcher Wagen zur Verfügung stehe. Nein, sagte ich, nicht in den nächsten Tagen, gleich, sagte ich, sofort. Ich sagte das Wort *sofort* so, wie ich es immer gesagt habe, mit Bestimmtheit. Ich werde nicht ein paar Tage warten, sagte ich, das könne ich gar nicht, ich nannte keinen Grund dafür, aber ich sagte, das könne ich gar nicht und ich sagte, nur diesen Wagen kaufe ich, wie er hier steht. Als ich Umstände machte, ohne das Geschäft abgeschlossen zu haben, zu gehen, sagte der Verkäufer plötzlich nun gut, Sie können den Wagen haben, diesen, ein schöner Wagen. Er sagte es mit einiger Traurigkeit in der Stimme, aber er hatte recht, der Wagen war schön. Nun war ich selbst aber, so ging es mir augenblicklich durch den Kopf, noch niemals im Leben vorher mit einem Personenkraftwagen gefahren, immer nur mit schweren Lastkraftwagen, denn ich hatte von vornherein die Lastkraftwagenprüfung abgelegt, weil ich ja einmal nach Afrika wollte, Medikamenteausteilen an die Schwarzen, was sich aber zerschlagen hatte, Lastwagenfahren war die Voraussetzung für meinen Afrikaposten gewesen, in Ghana hätte ich ihn antreten sollen, aber durch den Tod des amerikanischen Managers, dem ich unterstanden wäre, hatte sich meine Afrikaanstellung verschoben, schließlich vollkommen erübrigt, also ich weiß ja nicht einmal, wie ich den Wagen aus dem Geschäft hinausfahre, dachte ich. Ja, sagte ich zum Verkäufer jetzt, das Geschäft ist abgeschlossen, ich kaufe den Wagen, aber er müsse mir vor die Tür gestellt werden, vor die Auslage, sagte ich, ich würde ihn mir im Laufe des Tages abholen. In Ordnung, sagte der Verkäufer. Ich unterschrieb einen Vertrag und erlegte die Kaufsumme. Der ganze Julius-Campe-Preis war daraufgegangen. Für Benzin war mir noch etwas Geld geblieben. Ein paar Stunden durchkreuzte ich die Innenstadt mit dem Jubel, ein Auto zu besitzen, das erste Auto in meinem Leben und was für ein Auto! Ich beglückwünschte mich zu meinem Geschmack. Daß ich auch nur einen einzigen Fachmann hätte zu Rate ziehen sollen, ob das Auto auch innen etwas wert ist, auf die Idee war ich nicht gekommen. Ich habe ein Auto! Ich habe ein weißes Auto! dachte ich. Schließlich machte ich eine Kehrtwendung und ging zum Autohaus Heller zurück, das eines der elegantesten Autohäuser von Wien gewesen war und als ich um die Ecke kam, stand mein Wagen schon vor der Tür. Ich holte mir die Papiere im Geschäft, setzte mich in den Wagen und fuhr weg. Tatsächlich hatte ich keinerlei Schwierigkeiten, den Wagen zu lenken, obwohl es absolut einfacher gewesen war, die LKWs zu lenken als diesen kleinen Triumph Herald. Nun fuhr ich selbstverständlich in die Obkirchergasse und zeigte meiner Tante das Auto. Sie war verblüfft, daß man um fünftausend Mark ein so elegantes Auto kaufen konnte. Andererseits, fünftausend Mark waren eine Menge Geld! Natürlich hatte ich keine Ruhe und ich machte meine erste größere Fahrt, sie führte mich zuerst einmal in Richtung Norden über die Donau und da ich nicht genug bekommen konnte, über Hollabrunn hinaus bis nach Retz. In Retz hatte ich schon viel Benzin verfahren. Ich tankte wieder auf und fuhr zurück, es war ein herrlicher Tag. Als ich aber wieder in die Nähe der Obkirchergasse gekommen war, wollte ich nicht stehenbleiben und aussteigen und nun fuhr ich Richtung Osten. Ich fuhr zuerst durch die ganze Stadt und dann ins Burgenland. Kurz vor Eisenstadt dämmerte es und ich dachte, fahre ich weiter, bin ich ja schon in einer halben Stunde in Ungarn. Ich fuhr zurück. In der Nacht war an Schlaf nicht zu denken, es war ein großartiges Gefühl, ein Auto zu besitzen, noch dazu ein englisches, weiß, mit roten Ledersitzen und mit einem hölzernen Armaturenbrett. Und das alles für meinen *Frost*, dachte ich. Am nächsten Tag machte ich mit meiner Tante einen Ausflug nach Klosterneuburg und wir machten auf dem Rückweg auch auf dem Grinzinger Friedhof halt. Zwei Monate später, ich hatte mich schon an den Autobesitz gewöhnt und das Fahren mit meinem Herald war mir schon zur Gewohnheit geworden, fuhr ich nach Istrien, an die Küste von Lovran, wo meine Tante schon ein paar Wochen vorher Station gemacht hatte. Wir wohnten wie schon so oft in der Villa Eugenija, einer Herrschaftsvilla aus dem Jahr achtundachtzig mit breiten herrlichen Balkonen und mit einem sanft abschwingenden Kiesweg direkt an das tiefblaue Wasser. Gagarin hatte gerade seinen ersten Weltraumflug hinter sich gehabt, das weiß ich noch. Mein weißer Herald stand unten neben der Eingangspforte, es war keine Eingangstür, es war eine Eingangspforte und ich schrieb oben im zweiten Stock, als Alleininhaber von drei großen Zimmern mit sechs großen Fenstern hinter hauchdünnen Seidenvorhängen, die noch aus der Zeit vor dem Kriege stammten, *Amras*. Als ich *Amras* fertiggeschrieben hatte, schickte ich es sofort meiner Lektorin beim Inselverlag. Vier oder fünf Tage nach dem Abschicken von *Amras* war ich schon um drei Uhr früh aufgestanden und hatte das unbändige Gefühl, ich müsse in die Höhe, hinaus und in die Höhe, denn es war ein ganz und gar wolkenloser, klarer und würziger Tag. In Hose und Turnschuhen, nur mit einem ärmellosen Hemd bekleidet, bestieg ich die Felswände des sogenannten Monte Maggiore, heute Učka. Auf halber Höhe legte ich mich in den Schatten und betrachtete das vor mir liegende Meer weit unten, auf dem die Schiffe kreuzten. Ich war so glücklich, wie noch nie. Als ich zu mittag den Berg hinunter lief, unter lautem Lachen, vor Glück erschöpft, kann ich sagen, hatte ich wieder einmal das Gefühl, mit keinem Menschen auf der ganzen Welt tauschen zu wollen. In der Eugenija erwartete mich ein Telegramm. *Amras hervorragend, alles in Ordnung,* so sein Text. Ich zog mich um und bestieg mein Auto und fuhr nach Rijeka hinein, in die uralte kroatisch-ungarische Hafenstadt. Dort lief ich in den Gassen hin und her und es störte mich nicht einmal das Grau der Menschen, nicht einmal die von Hunderten von Automobilen verpestete Luft. Ich nahm alles mit größter Intensität auf, ich hörte alles an, ich atmete alles ein. Gegen fünf Uhr am Abend fuhr ich zur Eugenija zurück, die Küstenstraße, vorbei an den Schiffswerften. Ich glaube, ich habe gesungen. Dort, wo die große Felswand vor Opatija in der Abendsonne grell aufleuchtet, bog ein Wagen von links in meine Fahrbahn ein, er krachte direkt in die Vorderseite meines Wagens und zerquetschte sie vollkommen. Mich selbst hatte es aus dem Wagen geschleudert, aber ich stand gleich da und ich fühlte keinerlei Schmerz. Auch der Wagen des Jugoslawen war vollkommen demoliert. Aus dem Wrack war der Fahrer herausgesprungen und schreiend davongelaufen, hinter ihm her eine Frau, die ihm immerfort nachrief: *Idiota! Idiota! Idiota!* Ich hatte einen Blechhaufen vor mir mitten auf der Straße und der ganze Verkehr, der von den Werften her einsetzte, war unterbrochen. Das *Idiota! Idiota! Idiota!* verstummte und ich stand allein da. Plötzlich sah ich schreiende Leute auf mich zulaufen und da blickte ich an mir herunter und sah, daß mein ganzer Körper blutüberströmt gewesen war. Ich hatte mich am Kopf verletzt, der Blutstrom war so heftig gewesen, daß ich glaubte, ich hätte mir die Schädeldecke vom Kopf gerissen, aber ich hatte noch immer keinerlei Schmerz. Da packte mich einer, der aus einem kleinen Fiat 500 gesprungen war und verfrachtete mich in sein Auto. Er ließ den Motor aufheulen und raste mit mir die Küstenstraße ins Krankenhaus und er raste so ungeheuerlich, daß ich glaubte, jetzt erst würde das eigentliche große Unglück passieren. Während dieser Raserei hielt ich mir andauernd den Kopf, weil ich glaubte, er rinne aus. Auch hatte ich das Gefühl, wenigstens meinen Namen auf ein Papier schreiben zu müssen, denn sonst weiß ja niemand, um wen es sich handelt, wenn ich schließlich verblutet sei. Natürlich wollte ich dem Mann auch sein Auto nicht mit meinem Blut beschmutzen und ich versuchte, den Blutstrom immer nur auf mich selbst und zwischen meine Knie zu lenken. Bald werde ich ohnmächtig werden, dachte ich und dann vorbei sein. Am Krankenhaus angekommen, war ich sofort von einer Schwester auf einen Wagen gelegt und abgeführt worden. In einem Waschraum rasierte mir die Schwester den halben Schädel ab. Dann befand ich mich auch schon in einem Operationssaal und ich hatte Glück, denn der Chirurg hatte deutsch gesprochen und mich gleich in Deutsch alles Wesentliche ausgefragt. Ob erbrochen oder nicht etcetera. Dann gaben sie mir ein Betäubungsmittel, nur eine sogenannte örtliche Betäubung und bearbeiteten mich und nähten meinen Kopf wieder zusammen. Was mir wie eine ungeheure Verletzung vorgekommen war, war nur eine Platzwunde gewesen, nach zwei Tagen durfte ich wieder in die Eugenija zurück.

Vorher hatte ich noch auf der dem Krankenhaus nahegelegenen Polizeistation mein Wrack besichtigen können. Und zu meiner Verblüffung hatte die Polizei eine
haargenaue Rekonstruktion des Unglücks aufgezeich-
net. Der Jugoslawe war schuld gewesen, hundertprozentig, und das stand auch in dem Protokoll. Die immerfort
Idiota! geschrien hatte, wie er davongelaufen war, war
seine Frau, zu ihrem Unglück Krankenschwester im
Krankenhaus und sie ist, wie ich später erfahren habe,
fristlos aus den Krankenhausdiensten entlassen worden,
weil sie, anstatt mir zu helfen, mit ihrem Mann davongelaufen ist. Das tat mir leid, aber ich konnte es nicht
ändern. Mein Herald war ein Blechklumpen, ich ging
ein paarmal um ihn herum und ich dachte, daß ich nur
eintausendzweihundert Kilometer damit gefahren bin.
Schade. Mit einem weißen Turban auf dem Kopf und
mit meiner Tante und ihrem vielen Gepäck trat ich die
Heimreise nach Wien an. Nicht einmal deprimiert,
denn schließlich war ich ja wie durch ein Wunder mit
dem Leben davongekommen, aber doch sehr enttäuscht
über das Ende meines Autoglücks. Im Autohaus Heller
vermittelten sie mich an einen im Heinrichshof residie-
renden Nobelanwalt. Er werde meinen Fall mit der ihm
eigenen Gründlichkeit verfolgen, sagte der Anwalt und
die Leute, denen ich mein Mißgeschick mitteilte, mein-
ten, von den Jugoslawen würde ich nie einen Groschen
sehen, es sei bekannt, daß sie nichts zahlten in derartigen

Fällen, das heißt bei solchen Unglücken, auch wenn hundertprozentig der Gegner schuld sei. Ich ärgerte mich, daß ich diesen, wie mir schien, sehr teuren Anwalt genommen hatte, ich war wütend über meine Dummheit. So habe ich jetzt nicht nur meinen Herald verloren, sondern bezahle auch noch den Anwalt, der wie ein Fürst eingerichtet gewesen war in drei oder vier riesigen Räumen mit dem direkten Blick auf die Oper. Ich bin eben doch ein dummer Mensch, sagte ich mir, bar jeder Realität. *Amras* wurde gesetzt und ich ging ziemlich niedergeschlagen durch die Wienerstadt. Ich hatte an nichts Freude, mein Herald fehlte mir und ich hatte aufeinmal wieder das Gefühl, am Ende zu sein. Diese Unglücksmenschen kommen aus ihrem Unglück niemals heraus, sagte ich mir und meinte mich. Das war ungerecht, aber verständlich. Alle paar Tage oder Wochen flatterte ein Brief des Anwalts herein, auf welchem er mir mit den immer gleichen Wörtern mitteilte, daß er meinen Fall mit der allergrößten Sorgfalt verfolge. Ich war jedesmal, wenn ein solcher Brief kam, außer Rand und Band. Aber ich hatte auch nicht mehr den Mut, den Anwalt aufzusuchen und ihm zu sagen, er solle die Sache aufgeben, ich fürchtete jetzt schon die enormen Kosten. Im Wertheimsteinpark und im Casino Zögernitz las ich die *Amras*-Fahnen. Das Buch ist geglückt, romantisch, von einem jungen Menschen, nach der monatelangen Novalislektüre entstanden. Nach *Frost* hatte ich geglaubt, überhaupt nicht und nichts mehr schreiben zu können, aber dann, am Meer, hatte ich mich hingesetzt und *Amras* war da. Immer war es das Meer gewesen, das mich gerettet hat, ich brauchte nur ans Meer zu fahren und ich war gerettet. Eines Morgens flatterte wieder ein solcher Anwaltsbrief herein und ich wollte ihn schon zerreißen. Der Inhalt des Briefes war ein anderer. Kommen Sie in mein Büro, schrieb mir der Anwalt, ich habe Ihren Fall zur vollsten Zufriedenheit erledigen können. Tatsächlich hatten die jugoslawischen Versicherungen alle Forderungen meines Anwalts, ohne Einschränkung wohlgemerkt, erfüllt. Ich bekam nicht nur den Wagen ersetzt, sondern auch noch ein Schmerzensgeld. Und eine sogenannte Kleiderabfindung in unglaublicher Höhe. Der Anwalt hatte nämlich nicht den Tatsachen entsprechend angegeben, ich hätte nur eine billige Hose, ein Hemd und Sandalen getragen, sondern einen teuren Anzug und die teuerste Wäsche. Ich verließ das Anwaltsbüro naturgemäß in der höchsten Befriedigungsklasse. Ich kaufte mir einen neuen Herald und fuhr damit dann noch sehr oft nach Jugoslawien, das sich, in allem Unglück mir gegenüber, so korrekt und tatsächlich als sehr großzügig erwiesen hatte. Das alles habe ich geschrieben, weil es, wie man sieht, mit dem dreigeteilten Julius-Campe-Preis zusammenhängt. Auf die selbstverständlichste Weise.

Der Österreichische Staatspreis für Literatur

Den Österreichischen Staatspreis für Literatur habe ich neunzehnhundertsiebenundsechzig bekommen und ich muß sofort sagen, daß es sich um den sogenannten *Kleinen Staatspreis* handelte, den ein Schriftsteller nur für eine bestimmte Arbeit bekommt und für den er sich selbst zu bewerben hat, indem er eine seiner Arbeiten bei dem zuständigen Ministerium für Kultur und Kunst einreicht und den ich in einem Alter bekommen habe, in welchem man ihn normalerweise gar nicht mehr bekommt, nämlich wie ich in den fortgeschrittenen Dreißigerjahren, wo es üblich geworden ist, diesen Preis schon den Zwanzigjährigen zu geben, was absolut richtig ist, also daß es sich um den sogenannten Kleinen Staatspreis handelte und nicht um den sogenannten Großen, der für ein sogenanntes Lebenswerk gegeben wird. Niemand war mehr über die Tatsache verwundert, daß ich den Kleinen Staatspreis verliehen bekommen habe, als ich selbst, denn ich hatte überhaupt keine meiner Arbeiten eingereicht, ich hätte das niemals getan, ich hatte davon nichts gewußt, daß mein Bruder, wie er mir später gestanden hatte, am letzten Tag der Einreichungsfrist meinen *Frost* an der Pforte des Ministeriums für Kunst und Kultur auf dem Minoritenplatz abgegeben hatte. Ich war über die Nachricht, den Preis zu bekommen, überhaupt nicht begeistert, hatten doch vor mir schon eine Menge junger Leute diesen Preis bekommen und für mich in meinen Augen reichlich abgewertet gehabt. Aber ich wollte kein Spielverderber sein und ich nahm den Preis auch wegen der Tatsache an, daß ich ihn auf den Tag genau dreißig Jahre später als mein Großvater in Empfang nehmen sollte, der ihn neunzehnhundertsiebenunddreißig bekommen hatte. Diese Pointe war es, die mich dem Ministerium mitteilen ließ, ich nähme den Preis mit dem größten Vergnügen an. In Wirklichkeit hatte ich einen schlechten Magen bei der Idee, als bald Vierzigjähriger einen Preis in Empfang nehmen zu müssen, der den Zwanzigjährigen vorbehalten sein sollte und überhaupt hatte ich ein gespanntes Verhältnis zu meinem Staate, wie ich das auch heute und in einem noch viel heftigerem Ausmaße habe und das gespannteste Verhältnis hatte ich zu unserem Kultur- und Kunstministerium, das ich, aus naher und nächster Kenntnis, verabscheute, in erster Linie die jeweils in ihm regierenden Minister. Ich hatte in jungen Jahren dieses Ministerium öfter betreten, um einen sogenannten Auslandsreisezuschuß zu bekommen, in der Mitte meiner Zwanzigerjahre, denn ich wollte viel und beinahe ununterbrochen herumreisen und hatte dazu kein Geld, das Ministerium hatte mir zwei- oder dreimal einen solchen Zuschuß gegeben, ihm verdanke ich mit Sicherheit zwei

Italienreisen. Aber jedesmal wenn ich aus dem Ministerium heraußen gewesen war, verfluchte ich seine Beamten und die Art und Weise, wie man in dem Ministerium mit meinesgleichen umging und ich hatte es auch aus vielen anderen Gründen, die ich hier nicht ausbreiten will, hassen gelernt. Die Beamten dort empfand ich als selbstherrlich und stumpfsinnig und sie wußten nicht, wovon ich redete, wenn ich mit ihnen redete und sie hatten den schlechtesten Geschmack auf allen Gebieten unserer Kunst und Kultur, den man sich vorstellen kann. Kurz und gut, jetzt hatte ich mit der Tatsache fertig zu werden, mir eines Tages im Frühjahr für meinen *Frost*, den mein Bruder an der Portiersloge auf dem Minoritenplatz abgegeben hatte aus was für einem absurden Grund immer, den Staatspreis abzuholen. Daß sie mir jetzt den sogenannten Kleinen Staatspreis an den Kopf warfen, empfand ich als Demütigung, aber ich wollte kein Aufsehen machen und meinem Bruder war es gelungen, mich von der Richtigkeit, den Preis ohne Widerspruch entgegenzunehmen, zu überzeugen. Nun hatte ich also genau in jenes Ministerium zu gehen und mir von gerade jenen Leuten einen Preis anhängen zu lassen, das und die ich zutiefst verabscheute. Ich hatte mir geschworen, das Ministerium, in welchem immer nur der Stumpfsinn und die Heuchelei herrschten, niemehr zu betreten, jetzt war ich in dieser Zwangsjacke, in die mein Bruder mich hineingesteckt hatte. Mehrere

Zeitungen hatten die Meldung, daß ich den Staatspreis bekomme, so aufgemacht, als handelte es sich um den Großen Staatspreis, während es doch der mich demütigende Kleine gewesen war. Ich würgte an dieser Tatsache und ging wochenlang mit diesem Würgen im Halse herum. Aber einer Ablehnung wollte ich mich nicht aussetzen, dann hätten sie mich wieder alle als arrogant und als größenwahnsinnig verschrien, was ihre Regel ist, denn sie verschreien mich noch heute als arrogant und als größenwahnsinnig und vielleicht haben sie recht, daß ich tatsächlich größenwahnsinnig und arrogant bin, zur totalen Selbstbeurteilung bin ich nicht fähig. Aber so sehr ich auch von dem Gedanken, in das Ministerium hineingehen und mir den Kleinen Staatspreis abholen zu müssen, gewürgt worden bin, es rettete mich doch immer die Tatsache, daß auch dieser Kleine Staatspreis mit einer Geldsumme verbunden war, mit der Summe von fünfundzwanzigtausend Schilling damals, die ich, der ich über alle meine Köpfe verschuldet gewesen war, dringend gebraucht habe. An diese Schulden habe mein Bruder gedacht, als er sich die Ungeheuerlichkeit erlaubt habe, meinen *Frost* an der Portiersloge des Ministeriums abzugeben. So war ich, zugegeben, immer bei dem Gedanken an die Preissumme von fünfundzwanzigtausend mit dem Preis einverstanden, mit allem Scheußlichen und Widerwärtigen, das mit dem Preis in Zusammenhang stehen mußte, ich verabscheute den Preis immer

nur solange ich nicht an die fünfundzwanzigtausend
Schilling dachte, dachte ich an die fünfundzwanzigtausend Schilling, fügte ich mich in mein Schicksal. Die
fünfundzwanzigtausend haben oder nicht haben, dachte
ich die ganze Zeit und im übrigen hatte mein Bruder
recht, wenn er meinte, ich sollte ganz ohne Aufsehen
ganz einfach den Preis abholen, kommentarlos. Insgeheim dachte ich, daß die Jury sich mir gegenüber eine
Unverschämtheit erlaube, mir den Kleinen Staatspreis
zu geben, wo ich mich doch, wenn überhaupt, was auch
damals schon die Frage gewesen war, selbstverständlich
nur absolut für den Großen Staatspreis präpariert fühlte
und nicht für den Kleinen, daß es meinen literarischen
Feinden in dieser Jury also ein teuflisches Vergnügen sei,
mich mit dem von ihnen mir an den Kopf geworfenen
Kleinen Preis von meinem Podest zu stürzen. Wollten
sie, so dachte ich, allen Ernstes glauben, *ich* persönlich
hätte mich um den Kleinen Preis beworben, mich wis-
sentlich und mit offenen Augen ihrem Geschmacksdi-
lettantismus ausgeliefert? Möglich ist, daß sie dachten,
ich selbst habe den *Frost* an der Portiersloge des Ministeriums abgegeben. Wahrscheinlich ist es so, sie waren
ja so und sie konnten nicht anders denken. Die Leute,
die mich auf den Preis angesprochen haben, dachten
alle, ich hätte natürlich den Großen Staatspreis bekommen, und ich war jedesmal der Peinlichkeit ausgesetzt,
ihnen zu sagen, daß es sich um den Kleinen handle, den

schon jedes schreibende Arschloch bekommen habe. Und ich war jedesmal gezwungen, den Leuten den Unterschied zwischen dem Kleinen und dem Großen Staatspreis auseinanderzusetzen, hatte ich das getan, hatte ich den Eindruck, daß sie mich überhaupt nicht mehr verstanden. Der Große Staatspreis, sagte ich immer wieder, sei für ein sogenanntes Lebenswerk und man bekomme ihn im höheren Alter und er werde von dem sogenannten Kunstsenat verliehen, der sich aus allen jenen zusammensetze, die bisher diesen Großen Staatspreis bekommen haben und es gäbe nicht nur den Großen Staatspreis für Literatur, sondern auch den für die sogenannte Bildende Kunst und den für Musik etcetera. Wenn mich die Leute fragten, wer denn diesen sogenannten Großen Staatspreis schon bekommen habe, sagte ich jedesmal, lauter Arschlöcher und wenn sie mich fragten, wie denn diese Arschlöcher hießen, so nannte ich ihnen eine Reihe von Arschlöchern, die ihnen alle unbekannt waren, nur mir waren diese Arschlöcher bekannt. Und dieser Kunstsenat setze sich also aus lauter Arschlöchern zusammen, sagten sie, weil du alle, die in dem Kunstsenat sitzen, als Arschlöcher bezeichnest. Ja, sagte ich, in dem Kunstsenat sitzen lauter Arschlöcher und zwar lauter katholische und nationalsozialistische Arschlöcher und dazu noch ein paar Alibijuden. Mich widerten diese Fragen und diese Antworten an. Und diese Arschlöcher, sagten die Leute, wählen jedes Jahr neue Arschlöcher in ihren Senat, indem sie ihnen den Großen Staatspreis verleihen. Ja, sagte ich, jedes Jahr werden neue Arschlöcher in den Senat, der sich Kunstsenat nennt und ein unausrottbares Übel und eine perverse Absurdität in unserem Staate ist, gewählt. Es ist eine Versammlung der allergrößten Nieten und Schweinehunde, sagte ich jedesmal. Und was ist also der Kleine Staatspreis? fragten sie und ich antwortete, der Kleine Staatspreis ist eine sogenannte Talentförderung und den haben schon so viele bekommen, daß sie gar nicht mehr aufzählbar sind, darunter bin jetzt ich, sagte ich, denn ich habe den Kleinen Staatspreis bekommen als Strafe. Als Strafe für was? fragten sie und ich konnte nicht antworten. Der Kleine Staatspreis sagte ich, ist über dreißig eine Gemeinheit und da ich schon beinahe vierzig bin, ist er eine ungeheuere Gemeinheit. Ich sagte aber, daß ich mir geschworen hätte, mit dieser ungeheueren Gemeinheit fertig zu werden und daß ich nicht daran dächte, diese ungeheuere Gemeinheit abzulehnen. Ich bin nicht gewillt, fünfundzwanzigtausend Schilling abzulehnen, sagte ich, ich bin geldgierig, ich bin charakterlos, ich bin selbst ein Schwein. Die Leute gaben nicht nach und bohrten. Sie wußten genau, wo sie bohren mußten, um mich in Raserei zu versetzen. Sie trafen mich am Morgen und gratulierten mir zu meinem Preis und sagten, daß es endlich an der Zeit gewesen sei, mir den Staatspreis für Literatur zu verleihen, worauf sie eine bedeutungsvolle Pause machten. Ich hatte dann zu erklären, daß es sich bei meinem Preis um den Kleinen Staatspreis handelte, um eine Gemeinheit, nicht um eine Ehre. Aber Preise sind überhaupt keine Ehre, sagte ich dann, die Ehre ist eine Perversität, auf der ganzen Welt gibt es keine Ehre. Die Leute reden von Ehre und es handelt sich um eine Gemeinheit, gleich von was für einer Ehre die Rede ist, sagte ich. Der Staat überschüttet seine arbeitenden Bürger mit Ehren und überschüttet sie in Wirklichkeit mit Perversitäten und Gemeinheiten, sagte ich. Meine Tante hatte immer eine sehr hohe Meinung von unserem Staat und überhaupt von dem Staat an sich gehabt, ihr Mann war ein hoher Staatsbeamter gewesen, und sie tat so, als wäre mir eine Ehre widerfahren, als die Nachricht in der Zeitung gestanden war, ich bekäme den Staatspreis. Auch ihr mußte ich erklären, daß es sich um den Kleinen und nicht um den Großen Preis handle und wieder versuchte ich genau den Unterschied zwischen beiden Preisen deutlich zu machen und ich sagte am Ende meiner Erklärung, weder der Kleine noch der Große Staatspreis seien etwas wert, beide Preise seien eine Gemeinheit und es sei niedrig, einen dieser Preise anzunehmen, ich wäre aber charakterlos genug, den Preis anzunehmen, weil ich die fünfundzwanzigtausend Schilling annehmen wollte. Meine Tante war von mir enttäuscht, sie hatte bis dahin zu große Stücke auf mich gehalten. Ich dürfe den Preis nicht annehmen sagte sie, wenn ich so denke, wie ich sagte. Ja, sagte ich ihr, ich denke, wie ich es sage und ich nehme den Preis trotzdem an. Ich nehme das Geld, weil man dem Staat, der jährlich nicht nur Millionen, sondern Milliarden völlig sinnlos zum Fenster hinauswirft, jedes Geld abnehmen solle, der Bürger habe dazu ein Recht und ich sei kein Narr. Wir hätten eine nichtswürdige Regierung, der jedes Mittel recht sei, sich in Szene zu setzen und an der Macht zu bleiben, auch wenn der Staat vor die Hunde gehe, diesem Staat nehme ich selbstverständlich die fünfundzwanzigtausend ab. Niedrig oder nicht, charakterlos oder nicht, sagte ich. Meine Tante bezichtigte mich der Inkonsequenz. Sie war von meinem Standpunkt nicht zu überzeugen gewesen. Ich glaube nicht, sagte ich, daß es charakterlos ist, mir die Preissumme abzuholen von jenen, die ich zutiefst verabscheue und verachte, ganz im Gegenteil. Ich sollte zur Entschädigung für die Erniedrigung, mir den Kleinen Staatspreis zu geben, eine Reise machen, soviele Länder selbst in Europa waren mir noch unbekannt, mit den fünfundzwanzigtausend hätte ich die Möglichkeit, beispielsweise nach Spanien zu fahren, wo ich noch nie gewesen war. Nehme ich das Geld nicht für mich und eine Reisenützlichkeit, sagte ich, wird es einer Niete in den Rachen geworfen, die nur Unheil anrichtet mit ihren Erzeugnissen und die Luft verpestet. Ich hatte, je näher der Tag der Preisverleihung kam, immer mehr

beinahe unerträglich schlaflose Nächte. Was möglicherweise wirklich von einigen Dummköpfen als Ehre gedacht gewesen war, empfand ich, je mehr ich darüber
nachdachte als Niedertracht, Enthauptung wäre zu
hoch gegriffen, aber Niedertracht empfinde ich doch
auch heute noch als die geglückteste Bezeichnung.
Diese vielen zwanzigjährigen und zweiundzwanzigjährigen und fünfundzwanzigjährigen modisch gekleideten
Hörspielschreiber, die ich auf der Straße getroffen habe,
waren alle Staatspreisträger. Sie taten so, als hätte ich erst
jetzt ihre Weihen empfangen. Das wurmte mich. Im
übrigen stimmte die Perspektive. Mein *Frost* hatte in
ganz Österreich nicht eine einzige positive Besprechung
gehabt, im Gegenteil, war er gleich bei seinem Erscheinen ausnahmslos von allen österreichischen Zeitungen
heruntergemacht worden, aber nicht an gehöriger Stelle,
wie ich es mir vorgestellt hatte, sondern irgendwo links
oder rechts unten, wo die Nichtswürdigkeit und die Verachtung von jeher ihren Platz haben. Ich ärgerte mich
und ich ärgerte mich mit der Hemmungslosigkeit des
Unbeherrschten bis an die äußerste Grenze, aber am
Ende stellte ich dann doch immer die Frage, ob nicht
alle diese Leute recht haben. Vielleicht war ich nur so,
wie sie mich einschätzten! Darüber länger nachzugrübeln verbot ich mir. Die Zeit ist erbarmungslos. Sie war
es auch damals. Der Morgen der Preisverleihung war da.
Auch bei dieser Gelegenheit sollte ich eine Rede halten,

aber ich bin kein Redner und ich kann überhaupt keine Rede halten, ich habe nie eine Rede gehalten, weil ich gar nicht fähig bin, eine Rede zu halten. Ich mußte aber eine Rede halten, es ist Tradition, daß der Schriftsteller, der mit einem Maler und einem Komponisten etcetera gleichzeitig diesen Preis bekommt, eine Rede hält, die in der Aufforderung des Ministeriums als Dankrede bezeichnet worden war. Aber wie immer, wenn ich eine Rede halten sollte, fiel mir keine Rede ein, ich hatte auch in diesem Falle wochenlang darüber nachgedacht, was ich sagen werde, was ich also reden werde, aber ich war zu keinem Ergebnis gekommen. Was sollte denn auch bei einer solchen Gelegenheit gesagt werden außer dem Wort *Danke!*, das dem, der es sagt, außerdem im Halse würgt und noch lange Zeit im Magen liegenbleibt. Ich fand kein Thema für eine Rede. Ich dachte, sollte ich vielleicht auf die Weltlage eingehen, die, wie immer, schlimm genug gewesen war. Oder auf die unterentwikkelten Länder? Oder auf die vernachlässigte Krankenversorgung. Oder auf den schlechten Gesundheitszustand der Zähne unserer Schulkinder? Sollte ich etwas über den Staat an sich oder über die Kunst an sich oder über die Kultur überhaupt etwas sagen? Sollte ich vielleicht gar etwas über mich selbst sagen? Ich fand alles abstoßend und ekelerregend. Schließlich setzte ich mich zu meiner Tante an den Frühstückstisch und sagte, ich kann keine Rede halten, es fällt mir keine Rede ein. Es

fällt mir kein Thema ein, es fällt mir dazu nichts ein.
Vielleicht nach dem Frühstück, sagte meine Tante und
ich dachte, ja, vielleicht nach dem Frühstück und ich
frühstückte und frühstückte, aber mir war noch immer
nichts eingefallen. Schon hatte ich meinen Feierlich-
keitsanzug an, den anthrazitfarbenen Einreiher und die
Krawatte festgezogen und würgte an den letzten Früh-
stücksbissen und hatte nicht einmal die Spur einer Idee
für eine Rede, überhaupt nichts hatte ich aufeinmal im
Kopf außer ein Angstgefühl, ich hatte Angst vor dem,
was mir bevorstand, wenn ich auch nicht genau wissen
konnte, was für eine Angst, ich hatte Angst vor einer
Perversität und gleichzeitig vor einer Unrechtmäßigkeit
und vor einer Unbilligkeit und vor einer absoluten Peinlichkeit. Schon war meine Tante zum Fortgehen bereit,
sie sah wieder sehr elegant aus und ich bewunderte sie.
Wenn ich nur abgesagt hätte und jetzt nicht in das Ministerium gehen müßte! sagte ich. Und da, auf dem Höhepunkt meiner Verzweiflung, setzte ich mich an den
Fensterschreibtisch in meinem Kabinett und tippte ein
paar Sätze in die Maschine. Wieder war es keine Rede,
wie von mir verlangt, wieder waren es bloß ein paar
Sätze, die ich in der Hand hatte. Nur ein paar Sätze sagte
ich zu meiner Tante und ich genierte mich, ihr diese
gerade entstandenen Sätze vorzulesen. Dazu hätte ich
auch gar keine Zeit mehr gehabt, denn wir mußten
weg, wir erwischten ein Taxi an der Ecke Obkircher-

gasse/Grinzinger Allee und fuhren in die Stadt hinein.
Diese Fahrt war die Fahrt zu einer Hinrichtung. Im
sogenannten Audienzsaal des Kultur- und Kunst- und
Unterrichtsministeriums fand die Preisverleihung statt.
Wie wir angekommen sind, waren schon alle soge-
nannten Ehrengäste anwesend. Nur der Minister fehlte
noch, Herr Piffl-Perčević, ein ehemaliger Sekretär der
steiermärkischen Landwirtschaftskammer mit einem
Schnauzbart, der direkt von seiner steiermärkischen
Stellung als Minister in das Kultur- und Kunst- und
Unterrichtsministerium geholt worden war. Von seinem
Parteifreund, der gerade Kanzler gewesen war. Dieser
Piffl-Perčević war mir immer ein Greuel gewesen, denn
er konnte keinen einzigen Satz korrekt zuende sprechen
und es mag sein, daß er etwas von steirischen Kälbern
und Kühen und von obersteirischen Schweinen und
von untersteirischen Mistbeeten verstand, von Kunst
und Kultur verstand er jedenfalls nichts, obwohl er ununterbrochen und überall von Kunst und Kultur redete.
Aber das ist etwas anderes. Der Minster mit dem
Schnauzbart kam in den Audienzsaal herein und die
Preisverleihung konnte beginnen. Der Minister hatte in
der ersten Reihe Platz genommen, in welcher die Preis-
anwärter saßen, fünf oder sechs außer mir. Auch diese
Preisverleihung begann mit einem Musikstück, es war
ein Streicherstück und der Minister hörte es sich mit
nach links geneigtem Kopf an. Die Musiker waren nicht

gut in Form und sie patzten an vielen Stellen, aber bei solchen Gelegenheiten ist nicht einmal auf korrektes Spiel Wert gelegt worden. Mich schmerzte es, daß die Musiker ausgerechnet an den besten Stellen des Musikstückes patzten. Schließlich war das Musikstück zuende und dem Minister wurde von seinem Sekretär ein Zettel mit einem wahrscheinlich von dem Sekretär verfaßten Text zugesteckt, worauf der Minister aufstand und ans Rednerpult trat und eine Rede hielt. Ich weiß den Inhalt der Rede nicht mehr, es wurden in ihr alle Preisträger vorgestellt, es wurden einige ihrer biografischen Daten verlesen und einige ihrer Werke genannt. Ich konnte natürlich nicht wissen, ob das, was der Minister über meine Mitgefeierten verlesen hatte, stimmte, was er über mich sagte, war beinahe alles falsch und auf das grobschlächtigste aus der Luft gegriffen. Er erwähnte zum Beispiel, daß ich einen Roman verfaßt habe, der auf einer Südseeinsel spielt, worüber ich in dem Augenblick, in welchem der Minister diese Mitteilung machte, zum erstenmal hörte. Alles war falsch gewesen, was der Minister sagte, und offensichtlich hatte mich sein Sekretär mit einem andern verwechselt, aber es hatte mich nicht weiter aufgeregt, denn ich bin es gewohnt, daß Politiker bei solchen Gelegenheiten immer nur Unsinn und aus der Luft Gegriffenes zum Besten geben, warum sollte es bei dem Herrn Piffl-Perčević anders sein. Was mich aber zutiefst verletzen mußte, war doch die Mitteilung des

Ministers, daß ich, und das habe ich noch wörtlich im Ohr, *ein in Holland geborener Ausländer* sei, der aber jetzt *schon einige Zeit unter uns* (also unter den Österreichern, zu welchen der Herr Minister Perčević mich nicht zählte) lebe. Ich bewunderte die Ruhe, mit welcher ich dem Minister zugehört hatte. Man soll den Leuten aus der Provinz ihre Provinz nicht vorhalten, aber wenn sie mit einer solchen beispiellosen Arroganz auftreten wie Herr Piffl-Perčević, soll man das doch bei Gelegenheit einmal festhalten. Jetzt habe ich diese Gelegenheit und habe diese Tatsache festgehalten. Ein tatsächlich unbeschreiblicher Hochmut war auf das alles in allem stumpfsinnige und vollkommen insensible a-musische Gesicht des Kultur-Ministers gezeichnet, als er der Versammlung kundtat, wer ich sei. Aber wahrscheinlich hat auch in diesem Falle außer meinen Freunden kein Mensch gewußt, daß der Minister nur in Stumpfsinn gekleidete Falsifikate über mich in den Raum geblättert hat. Er fühlte nichts, er las das gedankenlose Machwerk seines Sekretärs ganz einfach in seinem ihm angeborenen monotonen Tonfall herunter, eine Falschmeldung nach der andern, eine Gemeinheit nach der andern. Hatte ich das notwendig gehabt? Ich fragte mich noch während der Ministeransprache, ob es nicht doch besser gewesen wäre, nicht herzukommen. Aber diese Frage hatte jetzt keinen realen Sinn mehr. Ich saß da und konnte mich nicht wehren, ich konnte nicht einfach aufspringen und dem Minister ins Gesicht sagen, daß Unsinn sei und Lüge, was er sagt. Das konnte ich nicht. Ich war von unsichtbaren Gurten an meinen Sessel geschnallt, zur Bewegungslosigkeit verurteilt. Das ist die Strafe, dachte ich, jetzt hast du die Rechnung. Jetzt hast du dich mit ihnen, mit diesen, die da in dem Saale sitzen und mit ihren heuchlerischen Ohren seiner Heiligkeit des Ministers lauschen, gemein gemacht. Jetzt gehörst du zu ihnen, jetzt bist du auch dieses Pack, das dich immer zur Raserei gebracht hat und mit dem du zeitlebens nichts zu tun haben wolltest. Du sitzt in deinem dunklen Anzug da und steckst Hieb auf Hieb ein, eine Unverschämtheit nach der andern. Und bewegst dich nicht, springst nicht auf und gibst dem Minister eine Ohrfeige. Ich redete mir gut zu, ruhig zu bleiben, immer sagte ich zu mir, *ruhig, ruhig, ruhig*, ich sagte es solange, bis der Minister mit seiner hochmütigen Unverschämtheit aufgehört hatte. Er hätte Ohrfeigen verdient, aber er hatte tosenden Applaus erhalten. Auch hier beklatschten die Schafe ihren Futtergott, mitten in das Beifallgeprassel setzte sich der Minister wieder und es war jetzt an mir, aufzustehen und an das Podium zu treten. Ich bebte noch vor Wut. Aber ich hatte die Beherrschung nicht verloren. Ich nahm meinen Zettel mit meinem Text aus der Rocktasche und verlas ihn, möglicherweise mit zittriger Stimme, kann sein. Auch die Beine bebten mir, naturgemäß. Aber ich war noch nicht zuende mit mei-

nem Text, als der Saal unruhig wurde, ich wußte gar
nicht warum, denn mein Text war von mir ruhig gesprochen und das Thema war ein philosophisches, wenn
auch von einiger Tiefgründigkeit, wie ich fühlte und ein
paarmal hatte ich das Wort *Staat* ausgesprochen. Ich
dachte, das ist ein ganz ruhiger Text, mit dem ich mich
hier, weil ihn doch kaum jemand versteht, mehr oder
weniger ohne Aufhebens aus dem Staub machen könne,
vom Tod und seiner Übermacht und von der Lächerlich-
keit alles Menschlichen handelte er, von der Unfähigkeit
und von der Sterblichkeit der Menschheit und von der
Nichtigkeit aller Staaten. Ich war mit meinem Text noch
nicht zuende gekommen, da war der Minister mit hoch-
rotem Gesicht aufgesprungen und auf mich zugerannt
und hatte mir irgendein mir unverständliches Schimpf-
wort an den Kopf geworfen. In höchster Erregung stand
er vor mir und bedrohte mich, ja, er ging mit vor Wut
erhobener Hand auf mich zu. Dann machte er zwei oder
drei Schritte auf mich zu, darauf eine abrupte Kehrtwendung und verließ den Saal. Zuerst war er ganz ohne
Begleiter zur Glastür des Audienzsaals gestürzt und hatte
die Tür mit einem lauten Knall zugeworfen. Dies alles
geschah in Sekundenschnelle. Kaum hatte der Minister
eigenhändig und über alles erbost die Tür seines Audi-
enzsaales hinter sich zugeworfen, war das Chaos im Saal.
Das heißt, zuerst, nachdem der Minister die Tür zugeworfen hatte, herrschte einen Augenblick betretene

Stille. Dann war ein Chaos ausgebrochen. Ich selbst verstand überhaupt nicht, was geschehen war. Ich hatte hier eine Demütigung nach der andern über mich ergehen lassen müssen und dann meinen, wie ich glaubte, harmlosen Text vorgelesen und daraufhin erboste sich der Minister und verließ wütend den Saal und seine Vasallen gingen auf mich los. Die ganze Meute im Saal, alles Leute, die von dem Minister abhängig waren, Subventions- und Pensionsempfänger und allen voran der sogenannte Kunstsenat, der wahrscheinlich bei jeder Staatspreisverleihung anwesend ist, stürzen hinter dem Minister her, aus dem Audienzsaal hinaus und die breite Freitreppe hinunter. Alle diese hinter dem Minister herstürzenden Leute stürzten aber nicht hinter dem Minister her, ohne nicht vorher wenigstens einen bösen Blick auf mich geworfen zu haben, der ich anscheinend die Ursache dieser peinlichen Szene und dieser abrupten Festzertrümmerung gewesen war. Sie warfen mir ihre bösen Blicke zu und stürzten dem Minister nach und sehr viele beließen es nicht nur bei bösen Blicken, sie drohten mir auch mit Fäusten, allen voran, wie ich mich genau erinnere, der Präsident des Kunstsenats, Herr Rudolf Henz, ein Mann damals zwischen siebzig und achtzig, er stürzte zu mir und bedrohte mich mit der Faust und jagte dann mit den andern dem Minister nach. Was habe ich getan? fragte ich mich, plötzlich stehengelassen in dem Ministeraudienzsaal und bald mit meiner Tante und zwei oder drei Freunden allein. Ich war mir keiner Schuld bewußt. Der Minister hatte meine Sätze nicht verstanden und weil ich nicht in einem untertänigen, sondern in einem zuhöchst kritischen Zusammenhang das Wort *Staat* gebraucht hatte, war er aufgesprungen und hatte mich attackiert und war aus dem Audienzsaal hinausgelaufen und die Freitreppe hinunter. Und alle andern, mit den schon erwähnten spärlichen Ausnahmen, waren hinter ihm her gestürzt. Wie der Minister die Audienzsaaltür ins Schloß warf, das höre ich noch heute, so kräftig habe ich noch niemals eine Tür zuschlagen gehört. Da stand ich nun und wußte nicht, was ich sagen solle. Die Freunde, drei oder vier, nicht mehr und meine Tante, waren zu mir gerückt und hatten auch keine Antwort gewußt. Die ganze Gruppe drehte sich nach dem Buffet um, das noch von zwei wahrscheinlich vom Sacher oder vom Bristol abkommandierten, in höchster Erregung starren Kellnern flankiert gewesen war und fragte sich, was jetzt mit dem völlig unberührten Buffet geschehen wird. Es kommt in ein Altersheim, dachte ich. Der Minister hat dich brüskiert, nicht umgekehrt, sagte einer meiner Freunde. Das war ein gutes Wort. Er hat alle brüskiert, sagte ich. Der Minister hat die Audienzsaaltür so zugeworfen, daß die Scheiben zersprungen sind, habe ich gedacht. Aber als ich die Audienzsaaltür untersuchte, stellte sich heraus, daß keine Scheibe zersprungen war. Es hatte sich nur so angehört, als seien die Scheiben der Audienzsaaltür zersprungen. Die Zeitungen schrieben am nächsten Tag von einem Skandal, den der Schriftsteller Bernhard provoziert habe. Eine Wiener Zeitung, die sich *Wiener Montag* nannte, schrieb auf der ersten Seite, ich sei eine Wanze, die man vertilgen müsse.

Der Anton Wildgans-Preis

Anton Wildgans ist, wie Weinheber, ein Wiener Vor-
stadt-Hölderlin, der genau auf die österreichische Volks-
seele paßt. Der Preis, der nach ihm benannt ist, wird von
der Industriellenvereinigung vergeben, die auf dem
Wiener Schwarzenbergplatz ihren Sitz hat, in einem
Prachtpalais aus der Gründerzeit. Eine Woche, bevor ich
den Österreichischen Staatspreis bekommen sollte, teilte
mir der Präsident der Industriellenvereinigung, der inzwischen längst verstorbene Mayer-Gunthof, mit, die
dafür zuständige Jury habe beschlossen, in diesem Jahr,
also neunzehnhundertsiebenundsechzig, mir ihren Preis
zu geben. Der Präsident endete sein Schreiben mit der
handelsüblichen Formel, daß er sich außerordentlich
freue, mir diese Mitteilung machen zu können. Zu ge-
gebenem Zeitpunkt erhalte ich die Einladung zu dem
Festakt. Der Preis sei mit fünfundzwanzigtausend Schilling dotiert. Ich machte mir über Wildgans keine Gedanken, denn ich schätzte ihn tiefer ein als meine
Schriftstellerfreunde in der Jury, die aus was für einem
Grunde immer, jedenfalls aus einem absurden, auf die
Idee gekommen waren, neunzehnhundertsiebenundsechzig mir den Wildgans-Preis zuzuschanzen. An den
österreichischen Schauspielschulen ist es üblich, daß die

Schüler sich ganz inständig mit Wildgans beschäftigen und vornehmlich lernen sie schon für die Aufnahmsprüfung ein Stück aus dem Stück *Armut* und sie sagen alle Augenblicke Wildgansgedichte auf und wenn es darum geht, eine hochoffizielle Staatsfeier abzuhalten, sei es im Burgtheater oder in der sogenannten Josefstadt oder auch in irgendeinem Ministerium, wird mit Sicherheit auf Wildganswerke zurückgegriffen. Die dilettantische Auffassung von Dichtung des Österreichers hat hier, wie auch in Weinheber, ihr Ideal gefunden und es wird bis auf den heutigen Tag überall, wo es etwas zu feiern gibt, praktiziert. Die Leute bewundern an Wildgans nicht nur die, wie sie meinen, außerordentlich wahrhaftige Dichtkunst, sondern vor allem, weil er einmal Burgtheaterdirektor gewesen ist. Ich selbst habe an Wildgans immer seinen posauneblasenden Sohn bewundert, der ein ganz und gar genialer Musiker gewesen ist und der zu den hoffnungsvollsten Komponisten seiner Zeit gehört hat. Aber ich will hier nicht über Wildgans selbst, sondern über den Preis mit seinem Namen sprechen. Ein paar Tage, bevor die Staatspreisverleihung im Ministerium auf dem Minoritenplatz stattgefunden hat, war die Einladung zu dem Festakt in der Industriellenvereinigung bei mir angekommen, ein pompöses, von der berühmten Druckerfirma Huber & Lerner auf dem Kohlmarkt gedrucktes Papier, auf welchem als besonderer Ehrengast der Minister Piffl-Perčević angegeben war. Wenn ich, dachte ich, anstatt der alten, schon beinahe vollkommen verfaulten äußeren Fensterflügel meines Hauses, neue anschaffen will, muß ich den Preis annehmen und also hatte ich beschlossen, den Wildgans-Preis anzunehmen und mich in die Salonlöwenhöhle auf dem Schwarzenbergplatz zu begeben. Überhaupt hatte ich gedacht, daß der Mensch immer Geld nehmen solle, wo man es ihm anbietet und er solle niemals lange herumfackeln über das Wie und Woher, alle diese Überlegungen sind doch immer nur nichts anderes als ausgewachsene Heuchelei und so machte ich bei meinem örtlichen Tischlermeister die Bestellung auf meine Außenfenster, ich erspare mir dadurch eine Menge Heizkosten, so meine Überlegung. Fünfundzwanzigtausend Schilling aus heiterem Himmel weist kein vernünftiger Mensch zurück, wer Geld anbietet, hat es und es soll ihm genommen werden, dachte ich. Und die Industriellenvereinigung solle sich schämen, einen Literaturpreis nur mit fünfundzwanzigtausend Schilling zu dotieren, wo sie einen solchen Preis ohne weiteres und ohne daß sie es überhaupt merken würde, mit fünf Millionen dotieren könnte, aber von ihr aus, so dachte ich, schätzt sie die Literatur und die Literaten ganz richtig ein und ich bewunderte sie sogar, was ihre Einschätzung der Literatur und der Literaten, die die Literatur machen, betrifft. Von jedem hätte ich fünfundzwanzigtausend Schilling angenommen, auch von dem nächstbesten

Mann auf der Straße. Kein Mensch wirft einem Bettler auf der Straße vor, daß er Geld nimmt von Leuten, ohne zu fragen, woher sie das Geld, das sie ihm geben, haben. Und es wäre das absurdeste gewesen, ausgerechnet die Industriellenvereinigung zu fragen, sich also irgendwelche Gedanken über Ja oder Nein zu machen, das wäre doch nur lächerlich gewesen. Wenn ich die fünfundzwanzigtausend der Industriellenvereinigung zu den fünfundzwanzigtausend des Staatspreises dazu rechne, beides unverschämt niedrige Beträge für einen solchen Zweck, dachte ich, der Staat solle sich genauso schämen wie die Industriellenvereinigung, denn sie verleihen Literaturpreise in der Höhe eines schlechten Monatslohnes eines mittleren Gemeindeangestellten, sind es schon fünfzigtausend und damit konnte ich tatsächlich etwas anfangen. Der Staat verleiht einen Preis in der Höhe eines schäbigen Lohnes und die Industriellenvereinigung tut das gleiche und beide setzen sich damit in der Öffentlichkeit, die gar nicht merkt, wie gemein und pervers dieser Vorgang ist, ins Licht. Tatsächlich hebt sich die millionen-, ja milliardenschwere Industriellenvereinigung mit der Vergabe eines schäbigen Preisgeldes von fünfundzwanzigtausend Schilling in die Höhe eines ganz und gar außerordentlichen Kunst- und Kulturmäzens und wird dafür auch noch in allen Zeitungen gelobt, anstatt daß sie auf das rücksichtsloseste für ihre Gemeinheit angeprangert wird. Aber ich wollte nicht anprangern, ich wollte nur berichten. Eine Woche nach der Staatspreisverleihung sollte die Verleihung des Wildgans-Preises stattfinden. So die Einladung. Nachdem aber, wie ich schon berichtet habe, die Staatspreisvergabe geplatzt war und der Minister die Audienzsaaltür in seinem Ministerium mit lautem Knall zugeworfen hatte und davongestürmt war, hatte die Industriellenvereinigung auf dem Schwarzenbergplatz aufeinmal ihren Ehrengast bei der geplanten Wildganspreisverleihung verloren, denn der Minister als Ehrengast hatte der Industriellenvereinigung jetzt plötzlich mitgeteilt, daß er nicht Ehrengast sein wolle in einer Feierlichkeit, in deren Mittelpunkt *ein gewisser Herr Bernhard* stehe, er hatte abgesagt und die Industriellenvereinigung hatte das Nachschauen. Da die Industriellenvereinigung aber nun ihre Hauptattraktion, nämlich den Minister, nicht mehr zur Verfügung hatte, wollte sie den Schriftsteller Bernhard, mit welchem sie sich doch nur heuchlerischerweise als Nationalmäzen in Szene hatte setzen wollen, auch nicht mehr. Und was tat die Industriellenvereinigung? Sie sagte den ganzen Festakt ab und schickte die gleichen von der Firma Huber & Lerner auf dem Kohlmarkt gedruckten Einladungskarten aus, die sie zwei Wochen vorher ausgeschickt hatte, jetzt aber nicht als *Ein*ladung, sondern als *Aus*ladung. Die Feier, die vierzehn Tage vorher von ihr angekündigt worden sei, fände nicht statt und sei *abgesagt*, stand auf diesen von

mir so genannten *Ausladungskarten*, wieder in der gleichen spanisch-habsburgischen Art der Hofnachrichten
von Huber & Lerner in Schwarz und Gold. Man
schickte mir, ohne jede weitere Mitteilung über Wieso
und Warum wie allen anderen zuerst Eingeladenen
auch, diese Ausladung und schickte mir in einer schäbigen Drucksachenrolle mit der gewöhnlichen Post die
Preisurkunde zu, ebenfalls kommentarlos. Zum Glück
hatten sie mir genauso kommentarlos auch die fünfundzwanzigtausend Schilling überwiesen, eine Summe, die,
wie ich glaube, für diese ganze, niederträchtige Unverschämtheit viel zu niedrig gewesen war.

Kurz darauf war ich mit Gerhard Fritsch, der Jurymitglied und bis dahin mein Freund gewesen war, im Café
Museum ausgerechnet an jenem Tisch zusammengekom-
kommen, an welchem Robert Musil zu sitzen pflegte
und hatte ihn gefragt, ob er denn jetzt, nach dieser
Schweinerei der Industriellenvereinigung, gegen deren
Handlungsweise protestieren und aus der Jury austreten
und seinen Sitz zurücklegen werde. Aber Fritsch hatte
weder die Absicht, zu protestieren, noch aus der Jury
auszutreten. Er habe drei Frauen und eine Menge Kin-
der mit diesen Frauen zu versorgen und könne sich weder einen solchen für mich selbstverständlichen Protest,
noch einen solchen für mich genauso selbstverständlichen Austritt aus der Wildgans-Preis-Jury leisten. Er als

vielfacher Kindesvater und Versorger dreier immens ins Geld gehender Frauen bejammerte mich und bat mich, auf ihn Rücksicht zu nehmen in einem Tone, der abstoßend gewesen war. Der arme Mensch, der inkonsequente, bedauerliche, der erbarmungswürdige. Nicht lange nach dieser Unterredung hat sich Fritsch an dem Haken seiner Wohnungstür aufgehängt, sein von ihm selbst verpfuschtes Leben war ihm über den Kopf gewachsen und hatte ihn ausgelöscht.

Der Franz-Theodor-Csokor-Preis

Franz Theodor Csokor war Philosoph und Dramatiker und der Verfasser eines Buches mit dem Titel *Als Zivilist im Balkankrieg,* das ich in der Bibliothek meines Großvaters entdeckt hatte und er war viele Jahre Präsident des PEN-Clubs und ein Freund meines Großvaters, den er aufrichtig verehrte, und er war viele Jahre in dem Gasthaus am Wallersee zu Gast gewesen, das Verwandten von mir gehörte und in welchem ich mit drei und vier und mit fünf und sechs und noch mit sieben und acht Jahren hin- und hergelaufen bin, ohne zu ahnen, wer die beiden Herren, Franz Theodor Csokor und Ödön von Hor-váth, sind, die unter mir in dem großen mit Empire- und mit Biedermeiermöbeln und selbst mit einer Reihe von kostbaren josefinischen Stücken ausgestatteten und mit herrlichen Deckenstukkaturen verzierten Zimmern mit dem Blick auf den Wald, hausten. Csokor und Horváth, die beiden Freunde, die im Gasthaus meiner Verwandten einen Großteil ihrer Theaterstücke und Romane schrieben, sollen mit mir auf dem Bretterfußboden der unteren Wirtsstube gespielt und mit mir auch Spaziergänge an den See gemacht haben, ich selbst kann mich daran nicht mehr erinnern. Mein Großvater war mit Csokor und mit Horváth öfter spazieren gegangen, wie ich weiß. In dem Gasthaus meiner Verwandten gab es einen großen Saal im ersten Stock, in welchem das ganze Jahr über Theater gespielt worden ist und vielleicht war das die richtige Atmosphäre für die beiden befreundeten Theaterschriftsteller, ich erinnere mich noch an die Haufen von farbenprächtigen Theaterkostümen unter dem Dach und auch an ein Stück, das in dem Saal aufgeführt worden ist, in welchem ein nackter Mann, an einen Pfahl gebunden, ausgepeitscht worden ist, aus was für einem Grund, weiß ich nicht, aber ich sehe die Szene noch ganz deutlich, sie hatte eine entsetzliche Wirkung auf mich, es war ein politisches Drama. Möglicherweise waren Csokor und Horváth von dieser Bühne inspiriert worden, es ist wahrscheinlich. Ich habe später Csokor nur ein einzigesmal getroffen, in Salzburg, bei welcher Gelegenheit kann ich nicht mehr sagen, ich erinnere mich aber, daß er mit dem Romanschriftsteller George Saiko und mir auf der Terrasse des Festungsrestaurants gesessen ist und ununterbrochen von meinem Großvater geredet hat, lauter Begebenheiten, die mir unbekannt waren. Er liebte meinen Großvater, denn nur so, wie er über meinen Großvater geredet hat, redet man über einen geliebten Menschen. Da ich selbst meinen Großvater wie keinen zweiten auf der Welt liebte, hörte ich gern zu. Saiko, ein durch und durch selbstbewußter und egozentrischer Typus, damals ein berühmter Mann, waren diese Schilderungen Csokors beinahe unerträglich, manchmal machte er einen Versuch, Csokor zu unterbrechen, aber Csokor ließ sich nicht unterbrechen. *Dieser Herr*, sagte Csokor, *war einmal Direktor der Albertina in Wien* und diese Mitteilung beeindruckte mich ungeheuer. Nach dem Ende des Essens war Csokor, damals schon ein alter Herr, müde, aber Saiko war nicht müde und so verabschiedete sich Csokor und sagte zu mir, der ich ja jung und deshalb naturgemäß noch nicht müde sei, ich solle dem auch noch nicht müden Herrn Saiko die Stadt Salzburg zeigen. Ich wußte in diesem Moment noch nicht, was für eine Katastrophe mir bevorstand. Kaum hatte Csokor sich verabschiedet, fing Saiko, der den Roman *Der Mann im Schilf* geschrieben hat, an, mir auseinanderzusetzen, was ein Roman sei. In der glühenden Hitze fingen wir also an, durch die Stadt zu gehen, und Herr Saiko redete andauernd auf mich ein, was ein Roman sei. Ich führte ihn von einer Gasse zur andern, von einer Kirche zur andern, aber er redete nur über den Roman, er stopfte seine Romantheorie in mich hinein, rücksichtslos, er hatte nicht die geringste Ahnung, daß mir seine unausgesetzt vorgetragene Theorie bereits Kopfschmerzen verursachte und schließlich habe ich zeitlebens nichts mehr gehaßt als literarische Theorien, am allermeisten aber haßte ich sogenannte Romantheorien, noch dazu von fanatischen Theoretikern, wie Saiko einer gewesen ist, vorgetragen, die dem Zuhörer ganz selbstverständlich jedes Gefühl für die Materie ja schon durch den lautstarken Ton austreiben mußten. Herr Saiko redete und redete und er redete vier Stunden lang darüber, was ein Roman sei und unaufhörlich zitierte er irgendwelche mehr oder weniger große Schriftsteller, und manchmal sagte er, er habe sich geirrt, nicht Joyce habe dies und jenes gesagt, sondern Thomas Mann, nicht Henry James, sondern Kipling. Meine Bewunderung, daß der Mann schließlich auch einmal Direktor der Albertina gewesen war, war in diesem Vierstundenvortrag auf ein Mindestmaß an Wertschätzung zusammengeschrumpft, ja, ich verachtete diesen Redner plötzlich, ich haßte ihn und ich dachte die ganze Zeit darüber nach, wie ich mich ihm entwinden könne. Aber erst nach genau fünf Stunden, so erinnere ich mich, erst als Saiko vollkommen erschöpft aufeinmal gesehen hatte, daß er mich mit seinem Vortrag beinahe ganz erschlagen hatte, verabschiedete er sich. Ich war zu müde, um aufatmen zu können. In der Nacht reiste ich nach Venedig, wie ich mich erinnere, dort wachte ich an einem herrlichen Morgen auf und lief auf den Markusplatz. Aber wer breitete plötzlich beide Arme schon von weitem aus, als er mich auf sich zukommen sah, Herr Saiko! Über diese Absurdität war ich naturgemäß nicht erschrocken gewesen, sondern ich willigte ein, mit Saiko in ein nahe der Seufzerbrücke gelegenes Restaurant zu gehen, um Käse mit Oliven zu essen und Rotwein zu trinken. Jetzt sprach Herr Saiko überhaupt nichts mehr und war nurmehr noch ein vollkommener Genießer. Er reise mit seiner Frau am Abend nach Ancona, sagte er und deutete auf ein weißes Schiff im Hintergrund. Aber ich wollte ja nicht von Herrn Saiko sprechen, sondern von Franz Theodor Csokor, den alle, die ihn gekannt haben, lieben mußten. Nachdem ich aus Venedig wieder zurückgewesen war, hatte ich einen Brief von Csokor vorgefunden, in welchem er mir mitteilte, daß mich der PEN-Club gerade zu seinem Mitglied gewählt habe. Einstimmig! Per Ballotage! Nun hatte ich die Bescherung. Wie in keinem andern Verein der Welt, wollte ich natürlich auch nicht im PEN-Club Mitglied sein. Wie sage ich das jetzt dem liebenswürdigen Herren, der der Verfasser des österreichischen Nationalschauspiels mit dem Titel *3. November 1918* ist, ohne ihn zu verletzen. Ich hatte im Grunde nichts gegen den PEN-Club, von dem ich auch heute noch nicht weiß, was er eigentlich ist, aber ich wollte auf keinen Fall Mitglied sein, ich haßte schon immer Vereine und Vereinigungen und naturgemäß literarische Vereinigungen zutiefst. Aus diesem Grunde bin ich ja auch erst kürzlich aus der sogenannten Darmstädter Akademie ausgetreten, in die ich niemals eingetreten bin und vor dreißig Jahren bin ich auch aus der Sozialistischen Partei wieder ausgetreten, in welche ich allerdings tatsächlich kurz zuvor eingetreten war, Parteien und Vereinigungen paßten und passen nicht in mein Konzept. Ich setzte mich also hin und

schrieb Csokor, daß ich mir der übergroßen Ehre bewußt sei, in den PEN-Club gewählt zu sein, per Ballotage, wie es geheißen hatte, aber daß ich meinen Grund-
satz, niemals mehr einem Verein anzugehören, nicht
umstoßen könne und aus diesem Grunde selbst nicht in
einem Verein Mitglied sein könne, dem er, Csokor, als
Präsident vorstehe. Es war mir fürchterlich, wie ich den
Brief aufgegeben habe. Ich habe keine Antwort bekommen. Schließlich starb Csokor, auch Herr Saiko war inzwischen gestorben, nachdem er noch vier oder fünf
Wochen vor seinem Tod den Großen Österreichischen
Staatspreis für Literatur bekommen hatte und mich
(drei Tage vor seinem Tod) während einer Straßenbahnfahrt von Döbling in den Ersten Bezirk über den Vorteil
aufgeklärt hatte, daß, wer sich Schuhe kaufe, sie nicht
vor vier Uhr Nachmittag kaufen solle, denn erst gegen
vier Uhr Nachmittag habe der Fuß die für einen Schuhkauf richtige und notwendige Konsistenz. Immer wenn
ich an Saiko, der, wie gesagt, *Der Mann im Schilf* geschrieben hat, erinnert bin, fällt mir sein Vortrag über
den Schuhkauf nicht vor vier Uhr Nachmittag zuallerst
ein und ich habe auch heute noch etwas von diesem
Vortrag, erst in zweiter Linie fällt mir sein Vierstundenvortrag darüber, was ein Roman sei, ein. Beide Tote haben aber heute etwas für mich ungemein Sympathisches
an sich, sie mögen die unglaublichsten Meisterwerke der
österreichischen Literatur geschrieben haben oder nicht,

ich komme auf sie zurück, weil meine Begegnung mit ihnen unbedingt mit der Verleihung des Franz-Theodor-Csokor-Preises zusammenhängt. Als ich den Preis bekommen habe, der dem Andenken Csokors gewidmet ist, glaubten die, die mir den Preis überreichten, ich sei selbstverständlich Mitglied des PEN-Clubs. Als ich ihnen sagte, nein, ich sei selbstverständlich nicht Mitglied des PEN-Clubs und ich ihnen meine PEN-Clubgeschichte erzählte, waren sie sehr enttäuscht, denn vielleicht hätten sie mir als Nichtmitglied den Preis gar nicht gegeben. Als ich den Preis bekommen habe, im PEN-Club-Palais im Ersten Bezirk, nahe der Minoritenkirche und ihn mir Piero Rismondo, der einzige, der unter den kritischen Journalisten Wiens für meine Theaterstücke etwas übrig gehabt hat, überreicht hat, war ich gerade einer besonders heftigen Vernichtungswelle meiner Person in den österreichischen Zeitungen ausgesetzt. Warum, weiß ich nicht. Der Daumen zeigte jedenfalls senkrecht nach unten. Deshalb tat mir die Verleihung ganz gut. Herr Rismondo, der feinsinnige Triestiner, der Gebildete, konnte nicht wissen, daß seine zustimmenden Wörter einen vollkommen am Boden Zerstörten aufrichteten, daß sein Preisgesang von den Ohren eines beinahe völlig zusammengebrochenen Menschen mit der allergrößten Gier verschlungen wurde. Zu dieser Zeit waren vom Burgtheater meine *Jagdgesellschaft* und *Der Präsident* und Peter Handkes

Ritt über den Bodensee aufgeführt worden, und das, man denke, veranlaßte eine Abordnung des sogenannten Kunstsenates des Staats, angeführt von ihrem Präsidenten, dem Schriftsteller Rudolf Henz, beim Kulturminister im Ministerium in Form einer Resolution die Forderung zu deponieren, der Minister solle sich gefälligst dafür einsetzen bei der Burgtheaterdirektion, daß Bernhard und Handke nicht mehr aufgeführt werden, Bernhard und Handke seien, wie man ja in den Wiener Zeitungen tagtäglich lesen könne, schlechte, er selbst, Henz und seine Leute im Kunstsenat, seien gute Schriftsteller. Die Staatspfründner hatten aufgetrumpft! Die Zeitungen berichteten von diesem haarsträubenden Ereignis alle, ohne einen einzigen Kommentar dazu abzugeben. Dieses ist nur ein angegebenes Beispiel gegen die damals gegen mich und Handke herrschende literarische Stimmung im Lande. Nicht erst zu diesem Zeitpunkt hatte ich daran gezweifelt, ob Preise anzunehmen seien oder nicht. Nach dem Julius-Campe-Preis, dem einzigen, den ich wie im Hochsprung freudig empfangen habe, hatte ich immer ein schales Gefühl im Magen gehabt, wenn es darum ging, einen Preis in Empfang zu nehmen und mein Kopf wehrte sich jedesmal dagegen. Aber ich war doch die ganzen Jahre, in welchen noch Preise auf mich zukamen, zu schwach, um nein zu sagen. Hier hat, so dachte ich immer, mein Charakter ein großes Leck. Ich verachtete die, die die Preise gaben, aber ich wies die

Preise nicht strikt zurück. Es war alles widerwärtig, aber am widerwärtigsten empfand ich mich selbst. Ich haßte die Zeremonien, aber ich machte sie mit, ich haßte die Preisgeber, aber ich nahm ihre Geldsummen an. Heute ist mir das nicht mehr möglich. Bis vierzig, denke ich, ja, aber dann? Daß ich die Preissumme des Franz-Theodor-Csokor-Preises von achtzehntausend Schilling nicht angenommen, sondern an die Häftlingsfürsorge in Stein überweisen habe lassen, war auch kein Weg. Auch solche Aktionen, die mit einem sogenannten sozialen Aspekt verbunden sind, sind letztenendes nicht frei von Eitelkeit, Selbstbeschönigung und Heuchelei. Die Frage stellt sich mir ganz einfach nicht mehr, die einzige Antwort ist die, sich nicht mehr ehren zu lassen.

Der Literaturpreis der Bundeswirtschaftskammer

Der Literaturpreis der Bundeswirtschaftskammer war der letzte Literaturpreis, den ich bekommen habe, zusammen mit Okopenko und Ilse Aichinger, für das Buch mit dem Titel *Der Keller*, in welchem ich meine Zeit als Kaufmannslehrling in der Scherzhauserfeldsiedlung am Rande der Stadt Salzburg beschreibe und ich brachte diesen Preis von Anfang an nicht mit meiner Tätigkeit als Schriftsteller, sondern mit meiner Tätigkeit als Kaufmannslehrling in Zusammenhang, und während der Feierlichkeit, die, ohne sonst noch etwas mit der Stadt Salzburg zu tun zu haben, in dem alten Schloß Kleßheim an der Saalach stattgefunden hat, war von den Herren der Bundeswirtschaftskammer, die mir den Preis verliehen haben, auch immer nur von dem Kaufmannslehrling Bernhard und niemals von dem Schriftsteller Bernhard die Rede gewesen. Ich fühlte mich unter den ehrwürdigen Herren des Kaufmannsstandes ungeheuer wohl und ich hatte die ganze Zeit, die ich mit diesen Herren zusammengewesen war, nicht den Eindruck, ich gehörte zur Literatur, sondern daß ich zur Kaufmannsschaft gehörte. Mit ihrer Auszeichnung und Einladung in das Schloß Kleßheim, hatten sie mir diese für mein ganzes Leben nützliche Zeit als Kaufmannslehrling mit größter Wirksamkeit in Erinnerung gebracht, die Zeit, in welcher ich unter der Obhut meines Lehrherrn Karl Podlaha die Bevölkerung der Scherzhauserfeldsiedlung mit Lebensmitteln versorgte. Vor der Feierlichkeit vor dem Schloß auf- und abgehend, war ich, die Herbststimmung des Parks war der Rekonstruktion meines Lehrlingsdaseins im Höchstmaße förderlich, wieder der Sechzehn- und der Siebzehnjährige, der im grauen Geschäftsmantel auf die virtuoseste Weise Essig und Öl von der Halbmeterhöhe in die dünnsten Flaschenhälse einfließen hatte lassen ohne Trichter, was mir keiner im Geschäft jemals nachgemacht hatte. Ich trug die Achtzig- und die Hundertkilosäcke aus dem Magazin in das Kellergeschäft und ich kniete Samstag mittag auf dem Boden, um ihn aufzuwischen, während mein Chef die Tagesabrechnung machte. Ich öffnete das Scherengitter am Morgen und ich schloß es am Abend, dazwischen war es mein unausgesetzter Wille, den Scherzhauserfeldleuten und meinem Lehrherrn zu dienen. Als ich vor ein paar Wochen eine der Hunderte von Filialen des größten österreichischen Schuhkonzerns in einem der umliegenden Dörfer betrat, waren dort jene von mir aufgestellten Thesen an der Wand angeschlagen, die auf das Verhalten der Kaufmannslehrlinge abzielen und die ich in meinem *Keller* aufgestellt habe. Die Konzernleitung hatte diese Thesen aus meinem Buch abgeschrieben und sie für alle ihre Lehrlinge in vielen Hunderten von Exemplaren drucken lassen. Ich stand in dem Geschäft, in welchem ich mir ein paar Turnschuhe hatte kaufen wollen und las meine eigenen Thesen an der Wand und ich hatte zum erstenmal in meiner schriftstellerischen Karriere das Gefühl, daß ich ein nützlicher Schriftsteller sei. Mehrere Male las ich meine Thesen, ohne mich zu erkennen zu geben und dann kaufte ich mir das gewünschte Paar Turnschuhe und trat aus dem Geschäft und ich empfand die allerhöchste Befriedigung. *Der Keller* beschreibt meine Kehrtwendung in der Reichenhallerstraße, den Augenblick, in welchem ich eines Morgens anstatt ins Gymnasium, auf das Arbeitsamt gegangen war, um mir eine Lehrstelle zu suchen und das Folgende. Im Park von Kleßheim hatte ich jetzt vor der Feierlichkeit der Preisüberreichung die Ruhe und die Zeit, der Melancholie, die mich in diesem Park überfallen hatte, nachzugeben und ich gab mich ihr gern hin. Ich ging, zuerst allein, dann mit Freunden, die Mauern entlang, die mir wohlbekannt waren, an diesen Mauern entlang war ich, so dachte ich, nach Kriegsende entlanggeschlichen, um über die schwerbewaffnete verbotene Grenze zu gehen in der Dämmerung. Das liegt fünfunddreißig Jahre zurück. In diesem Schloß hatte sich Hitler eine Residenz einrichten wollen. Aber wo ist Hitler? In diesem Schloß hatten die Präsidenten Nixon und Ford von Amerika mehrere Male übernachtet und die Königin von England. Jetzt beherbergte das Schloß die der Bundeswirtschaftskammer unterstehende Hotelfachschule, die in der ganzen Welt berühmt ist. Und diese Hotelfachschüler hatten für alle, die an der Feierlichkeit teilgenommen hatten, die Preisträger und alle andern, ein absolut herrschaftliches Essen gekocht und eine glänzende Tafel aufgedeckt. Die Preisverleihung fand in der Halle statt, ein Quartett oder Quintett hatte sie eröffnet. Die Kaufleute machen nicht viele Worte und der Präsident der Bundeswirtschaftskammer hatte sich dementsprechend kurz gehalten. Alle drei Preisträger nacheinander bekamen eine von Universitätsprofessoren vorgetragene Laudatio zu hören, in welcher der Versuch gemacht wurde, die Preiskrönung zu begründen. Ich hätte eine absolut neue Form der Selbstbiografie gefunden, hieß es. Als die Schecks übergeben waren, in meinem Falle waren es fünfzigtausend Schilling, beendete die Musikkapelle das vormittägige Fest. Wie es sich für einen solchen Rahmen gehörte, war an einem mit kleinen handgeschriebenen Namenstafeln geschmückten Tisch Platz genommen worden. Und nun saß ich, zu meiner Überraschung, genau neben dem Präsidenten der Salzburger Handelskammer, Haidenthaller, der mich, als ich mich gesetzt hatte, darauf aufmerksam machte, daß er es gewesen sei, der meine mündliche Kaufmannsgehilfenprüfung abgenommen habe. Er könne sich noch ganz genau an den über dreißig Jahre zurückliegenden Vorgang erinnern. Ja, sagte ich, ich erinnere mich auch. Der

Präsident Haidenthaller hatte eine leise Stimme und
seine Art zu sprechen gefiel mir. Mir gegenüber war
meine Tante gesessen und auf meiner linken Seite mein
Salzburger Verleger. Während mein rechter Sitznachbar,
der Präsident Haidenthaller, einmal eine längere Pause
machte, flüsterte mir mein Verleger ins Ohr, daß Haidenthaller todkrank sei und keine zwei Wochen mehr zu
leben habe, Krebs, flüsterte mir mein Verleger ins Ohr.
Als Herr Haidenthaller sich wieder mir zuwandte, hatte
die Unterhaltung naturgemäß eine neue Dimension.
Jetzt war ich noch viel behutsamer mit dem vornehmen
Herren, der, wie ich wußte, aus einer der ältesten Salzburger Familien stammte, aus einer Mühlenbesitzerdy-
nastie und es stellte sich später heraus, daß er sogar mit
mir verwandt war. Er habe den *Keller* gelesen, sagte er,
mehr nicht. Er habe mich nach mehreren chinesischen
Teesorten gefragt bei der Kaufmannsgehilfenprüfung
und ich hätte die richtige Antwort gegeben. Diese Frage
sei immer die schwierigste gewesen, sagte er. Das Fest
war so ungezwungen wie nur möglich, wie die Kaufleute
sind. Heute wüßten die Lehrlinge bei den Prüfungen
nicht mehr soviele Teesorten zu bestimmen, auch nicht
soviele Kaffeesorten, an die hundert Teesorten und an
die hundert Kaffeesorten, hundert Kaffeesorten und
Teesorten in Aussehen und Duft unterschiedlich, die
heikelste Prüfungsfrage, sagte der Präsident Haidenthaller. Naturgemäß dachte ich während der ganzen

weiteren Unterhaltung mit ihm an das, was mir mein Verleger gesagt hatte, an den baldigen unausweichlichen Tod meines Tischnachbarn. Die ganze Zeit dachte ich, wie und was ich meinem ehemaligen Kaufmannsgehilfenprüfer sage, um ihm das Mittagessen so angenehm als nur möglich zu machen. Wir tauschten einige Erfahrungen, unser beider Heimatstadt Salzburg betreffend, aus, nannten eine Reihe von uns beiden bekannten Namen, lachten auch ein paarmal und mir war aufgefallen, daß mein Tischnachbar einmal sogar laut aufgelacht hatte. Ob er weiß, daß er in der kürzesten Zeit sterben wird? Oder ist das Ganze nur ein übles Gerücht? Die Unterhaltung mit einem, von dem man weiß, er stirbt in der kürzesten Zeit, ist nicht die leichteste. Im Grunde war ich froh, als die Tafel aufgehoben war und sich alle, die daran teilgenommen hatten, voneinander verabschiedeten. So schön hatte das Fest begonnen, so traurig endete es. In den auf die Preisverleihung in Kleßheim folgenden Tagen las ich in meinem von mir zum Zwecke des Zeitungslesens täglich aufgesuchten Kaffeehaus in Gmunden zuallererst immer die Spalte, in welcher die Todesfälle verzeichnet sind. Schon waren vierzehn Tage vergangen und der Name Haidenthaller war nicht abgedruckt, weder unter Todesfälle, noch auf der Partezettelseite. Aber am fünfzehnten oder sechzehnten Tag stand der Name Haidenthaller schwarz umrandet und groß in der Zeitung. Mein Verleger hatte sich nur um ein oder zwei Tage geirrt, er hatte kein Gerücht verbreitet. Ich saß im Kaffeehaus und beobachtete die Möwen vor dem Fenster, wie sie gierig die Brotbrocken der alten Rentnerinnen aus dem stürmischen Seewasser pickten und davonkreischten und hörte aufeinmal wieder alles, was Herr Haidenthaller an der Tafel in Kleßheim zu mir gesagt hatte, mit äußerster Zurückhaltung und mit der Vornehmheit, die er seinem Stande und seiner uralten Familie schuldig war. Ohne den Preis der Bundeswirtschaftskammer hätte ich Herrn Haidenthaller nicht mehr gesehen und ich wüßte heute nicht soviel über meine eigenen Vorfahren als nach der Begegnung mit ihm, er hatte die Meinigen gut gekannt.

Der Büchnerpreis

Den Büchnerpreis habe ich neunzehnhundertsiebzig bekommen, als die sogenannte Studentenrevolution von
neunzehnhundertachtundsechzig leider, als eine nur ro-
mantische und daher vollkommen mißglückte dilettantische Revolte verebbt, schon nur als ein untauglicher
Versuch einer Revolution in die Geschichte eingegangen
war. Der Unernst dieses Protests hatte schließlich zu
einem umgekehrten Ergebnis und also zu einer intellektuellen Katastrophe und zu einem traurigen Erwachen
geführt. Die treibenden Leute dieser nur mit halbem
Auge den Franzosen abgeschauten Bewegung hatten
nicht, was sie beabsichtigten, den guten, den besten, den
rücksichtslosen Geist in Deutschland wiedereingeführt,
sondern sie hatten ihn mit ihrem Dilettantismus, der
nichts Revolutionäres, sondern nur eine den Franzosen
gestohlene Mode gewesen war, wie sich jetzt zeigt, für
lange Zeit ausgetrieben. Die jetzt herrschenden geistigen
Verhältnisse in Deutschland sind offensichtlich depri-
mierender, als die vor den Ereignissen von neunzehnhundertachtundsechzig. Es war keine Bewegung im Zeichen Büchners und Konsorten gewesen, sondern nur ein
perverses Spiel mit der intellektuellen Langeweile, die in
Deutschland eine jahrhundertealte Tradition hat. Der

Büchnerpreis ist mit einem Namen verbunden, mit welchem ich schon Jahrzehnte nur mit dem allergrößten Respekt verkehrt hatte. Zum Abschluß meiner Studienzeit am Mozarteum wählte ich, ohne viel nachdenken zu müssen, als Regiearbeit, neben dem *Zerbrochnen Krug* von Kleist und dem *Herrenhaus* von Thomas Wolfe, *Leonce und Lena*. Aber wie ich mich über die größten Vorlieben in meinem Leben immer nur karg hatte äußern können, habe ich mich über Georg Büchner auch beinahe nie geäußert. Die Rede, die man zur Verleihung des Büchnerpreises an mich von mir von der Deutschen Akademie verlangt hat, mußte dieser Kargheit widersprechen und so war sie nicht entstanden. Ich hatte, im Gegenteil, die Gewißheit, mich auf dem Podium in Darmstadt überhaupt nicht über Büchner äußern zu dürfen, ja, den Namen des Georg Büchner nach Möglichkeit überhaupt nicht in den Mund zu nehmen, was mir dann auch gelungen ist, denn ich sagte ja nur ein paar Sätze in Darmstadt und diese hatten mit Büchner nichts zu tun. Wir dürfen uns ja nicht immerfort auf unsere Großen ausreden und unsere eigene erbärmliche Existenz und Hilflosigkeit an diese Großen mit aller Gewalt und Gezeter hängen. Es ist üblich, daß die Leute, wenn sie eine Kantplakette bekommen oder einen Dürerpreis, lange Reden über Kant halten oder über Dürer, fade Fäden ziehen von den Großen zu sich selbst und ihr Hirn ausquetschen über der Versammlung wie ein faules

Lexikon. Diese Vorgangsweise liegt mir nicht. Und so habe ich auch in Darmstadt nur ein paar Sätze gesprochen, die mit Büchner nichts, mit mir allerdings alles zu tun hatten. Schließlich hatte ich nicht Büchner zu erklären, der nicht erklärt zu werden braucht, sondern möglichst nur eine kurze Aussage über mich selbst und mein Verhältnis zu meiner Umwelt zu machen, aus dem Mittelpunkt meiner Welt, der naturgemäß gleichzeitig, solange ich lebe, für mich auch der Mittelpunkt der Welt ist und sein muß, wenn es wahr sein soll, was ich sage. Ich habe kein Gebet vorzutragen, habe ich gedacht, sondern einen Standpunkt einzunehmen und der kann nur *mein* Standpunkt sein, wenn ich spreche. Kurz und gut, ich habe ein paar Sätze gesagt. Die Zuhörer hatten gedacht, das, was ich sagte, sei die Einleitung einer Rede von mir, aber es war schon alles. Ich machte eine kurze Verbeugung und sah, daß meine Zuhörer mit mir nicht zufrieden waren. Aber ich war ja nicht nach Darmstadt gekommen, um irgendwelche Leute zufriedenzustellen, sondern nur, um mir den Preis abzuholen, der mit der Summe von zehntausend Mark verbunden war und der, weil Büchner selbst von diesem Preis ja überhaupt nichts wissen konnte, weil er schon so viele Jahrzehnte vor der Idee, einen Büchnerpreis zu stiften, tot gewesen war, mit dem Preis auch gar nichts zu tun hatte. Mit dem Büchnerpreis hat die sogenannte Deutsche Akademie für Sprache und Dichtung zu tun, dagegen Georg Büchner selbst nichts. Und der Deutschen Akademie für Sprache und Dichtung dankte ich auch für den Preis, aber ich dankte ihr in Wahrheit nur für die Preissumme, denn zu der sogenannten Ehre, die ein solcher Preis bedeuten solle, hatte ich, als ich damals nach Darmstadt fuhr, schon keinerlei Beziehung mehr, diese Ehre und alle anderen Ehren waren mir schon damals suspekt. Aber ich hatte keine Veranlassung, meine Ansichten der Akademie mitzuteilen, ich packte meine Tasche und fuhr mit meiner Tante nach Darmstadt, weil ich mir und meiner Tante eine schöne Deutschlandreise gönnen wollte nach langer karger Zeit bei mir zuhause auf dem Land. Die Herren der Akademie waren die freundlichsten und ich habe mehrere angenehme Unterhaltungen mit ihnen geführt, ganz ohne Gefährlichkeit, denn ich wollte mir ja meine Deutschlandreise nicht stören lassen. Den Festakt hatte ich als Kuriosität auf mich zu nehmen und auch Werner Heisenberg, der mit mir in dem gleichen Festakt ausgezeichnet worden war, mit einem Preis für wissenschaftliche Prosa, hatte mehrere Male zu mir gesagt, wie kurios der Festakt sei, was in dem mitausgezeichneten Joachim Kaiser, dem berühmten Kritiker von der *Süddeutschen Zeitung*, vorging, kann ich nicht wissen, er verbarg alles. Als ich nach der Preisverteilung zu Joachim Kaiser, der neben mir in der ersten Reihe gesessen war, sagte, daß meine Urkunde um ein Drittel größer und also auch schwerer als seine sei und darin allein schon die verschiedenen Gewichtsklassen der Preise ersichtlich seien, hatte er sein Gesicht verzogen, immerhin. Aber ich muß sagen, daß er mir nachher, in einem nahegelegenen Gasthauskeller, mit seinen musikwissenschaftlichen Kenntnissen imponiert hat, zu diesem verblüffenden geballten Kenntnisreichtum hatte ich absolut schweigen müssen. Von Literatur versteht Kaiser nichts. Und Heisenberg, ausgerechnet der Atomwissenschaftler, hatte mich mehrere Male gefragt, warum denn die Schriftsteller immer alles mit so unglücklichen Augen sehen, die Welt sei doch nicht so. Darauf hatte ich naturgemäß nichts zu sagen gehabt. Die Stadt Darmstadt hat für mich ein Essen gegeben, an welchem auch ein paar meiner Freunde teilgenommen haben, ich durfte ihre Namen nennen und sie waren eingeladen worden. Als meine Tante während des Essens ihrem Tischnachbarn, dem Minister Storz, gesagt hatte, daß nicht nur Büchner an diesem Tage Geburtstag habe, sondern sie selbst auch und zwar den sechsundsiebzigsten, war einer der Stadtherren aufgestanden und hinausgegangen. Etwas später war er mit einem Strauß mit sechsundsiebzig Rosen wieder hereingekommen. Und hier muß ich sagen, daß ich vor allem nach Darmstadt gereist bin, um meiner Tante einen schönen Geburtstag zu machen, denn sie hat, wie Georg Büchner, am achtzehnten Oktober Geburtstag. Natürlich war das nicht der einzige Grund, aber es war der Hauptgrund gewesen. Meine Tante und ich haben uns am Ende des Essens in das Goldene Buch der Stadt Darmstadt eingetragen. Die Zeitungen schrieben über die damalige Preisverteilung, wenn auch aus unterschiedlichen Perspektiven und mit den unterschiedlichsten Mitteln etwa das, was ich selbst dachte. Es ist nachzulesen. Die Jury der Deutschen Akademie, aus welcher ich inzwischen ausgetreten bin, weil sie mich einmal ohne mein Wissen zu ihrem Mitglied gewählt hat, und weil sie von mir nicht mehr vertretbar gewesen ist, hat meine Wahl zum Büchnerpreisträger zu verantworten, nicht ich.

Ansprachen

Ansprache bei der Verleihung des Literaturpreises der Freien und Hansestadt Bremen

Verehrte Anwesende,
ich kann mich nicht an das Märchen von Ihren Stadt-musikanten halten; ich will nichts erzählen; ich will nicht singen; ich will nicht predigen; aber das ist wahr: die Märchen sind vorbei, die Märchen von den Städten und von den Staaten und die ganzen wissenschaftlichen Märchen; auch die philosophischen; es gibt keine *Gei-ster*welt mehr, das Universum selbst ist kein Märchen mehr; Europa, das schönste, ist tot; das ist die Wahrheit und die Wirklichkeit. Die Wirklichkeit ist, wie die Wahrheit, kein Märchen, und Wahrheit ist niemals ein Märchen gewesen.

Vor fünfzig Jahren noch ist Europa ein einziges Märchen gewesen, die ganze Welt eine Märchenwelt. Heute gibt es viele, die in dieser Märchenwelt leben, aber die leben in einer toten Welt und es handelt sich auch um Tote. Wer nicht tot ist, lebt, und *nicht in den Märchen; der ist kein Märchen.*

Ich selber bin auch kein Märchen, aus keiner Märchen-welt; ich habe in einem langen Krieg leben müssen und ich habe Hunderttausende sterben gesehen und andere, die über sie weggegangen sind, weiter; alles ist weitergegangen, in der Wirklichkeit; alles hat sich verändert, in Wahrheit; in fünf Jahrzehnten, in welchen alles revoltiert und in welchen sich alles verändert hat, in welchen aus einem jahrtausendealten Märchen *die* Wirklichkeit und *die* Wahrheit geworden sind, fühle ich, wie mir immer noch kälter wird, während aus einer alten, eine neue Welt, aus einer alten Natur eine neue Natur geworden ist.

Ohne Märchen zu leben, ist schwieriger, darum ist es so schwierig, im zwanzigsten Jahrhundert zu leben; wir *existieren* auch nurmehr noch; wir leben nicht, keiner lebt mehr; aber es ist schön, im zwanzigsten Jahrhundert zu *existieren*; sich fortzubringen; *wohin* fort? Ich bin, das weiß ich, aus keinem Märchen hervorgegangen und ich werde in kein Märchen hineingehen, das ist schon ein Fortschritt und das ist schon ein Unterschied zwischen vorher und heute.

Wir stehn auf dem fürchterlichsten Territorium der ganzen Geschichte. Wir sind erschrocken, und *zwar erschrocken als ein so ungeheueres Material der neuen Menschen* – und der neuen Naturerkenntnis und der Natur*erneuerung*; alle zusammen sind wir in dem letzten halben Jahrhundert nichts als ein einziger Schmerz gewesen; dieser Schmerz heute, das sind *wir*; dieser Schmerz ist jetzt unser Geisteszustand.

Wir haben ganz neue Systeme, wir haben eine ganz neue Anschauung von der Welt und eine ganz neue, tatsächlich die hervorragendste Anschauung von der Umwelt der Welt und wir haben eine ganz neue Moral und wir haben ganz neue Wissenschaften und Künste. Es ist uns schwindelig und es ist uns kalt. Wir haben geglaubt, daß wir, weil wir ja Menschen sind, unser Gleichgewicht verlieren werden, aber wir haben unser Gleichgewicht nicht verloren; wir haben auch alles getan, um nicht erfrieren zu müssen.

Alles hat sich verändert, weil *wir* es verändert haben, die äußere Geographie hat sich genauso verändert wie die innere.

Wir stellen jetzt hohe Ansprüche, wir können gar nicht genug hohe Ansprüche stellen; keine Zeit hat so hohe Ansprüche gestellt wie die unsrige; wir existieren schon größenwahnsinnig; weil wir aber wissen, daß wir nicht abstürzen und auch nicht erfrieren *können*, getrauen wir uns, zu tun, was wir tun.

Das Leben ist nur noch Wissenschaft, Wissenschaft aus den Wissenschaften. Jetzt sind wir plötzlich in der Natur aufgegangen. Wir sind mit den Elementen vertraut geworden. *Wir* haben die Realität auf die Probe gestellt. Die Realität hat *uns* auf die Probe gestellt. Wir kennen jetzt die Naturgesetze, die unendlichen Hohen Naturgesetze und wir können sie in der Wirklichkeit und in Wahrheit studieren. Wir sind jetzt nicht mehr auf Vermutungen angewiesen. Wir sehen, wenn wir in die Natur hineinschauen, keine Gespenster mehr. Wir haben das kühnste Kapitel des Weltgeschichtsbuchs geschrieben; und zwar jeder von uns *für sich* unter Schrecken und in der Todesfurcht und keiner nach seinem Willen, noch nach seinem Geschmack, sondern nach dem Gesetz der Natur und wir haben dieses Kapitel hinter den Rücken unserer blinden Väter und blöden Lehrer geschrieben; hinter unseren eigenen Rücken; nach so vielen unendlich langen und faden, das kürzeste, wichtigste.

Wir sind von der Klarheit, *aus welcher uns unsere Welt plötzlich ist,* unsere Wissenschaftswelt, erschrocken; wir frieren in dieser Klarheit; aber wir haben diese Klarheit haben wollen, heraufbeschworen, wir dürfen uns also über die Kälte, die jetzt herrscht, nicht beklagen. Mit der Klarheit nimmt die Kälte zu. Diese Klarheit und diese Kälte werden von jetzt an herrschen. Die Wissenschaft von der Natur wird uns eine höhere Klarheit und eine viel grimmigere Kälte sein, als wir uns vorstellen können.

Alles wird klar sein, von einer immer höheren und immer tieferen Klarheit, und alles wird kalt sein, von einer immer entsetzlicheren Kälte. Wir werden in Zukunft den Eindruck von einem immer klaren und immer kalten Tag haben.

Ich danke Ihnen für Ihre Aufmerksamkeit. Ich danke Ihnen für die Ehre, die Sie mir heute erwiesen haben.

Ansprache bei der Verleihung des Österreichischen Staatspreises

Verehrter Herr Minister,
verehrte Anwesende,

es ist nichts zu loben, nichts zu verdammen, nichts anzuklagen, aber es ist vieles lächerlich; es ist alles lächerlich, wenn man an den *Tod* denkt.

Man geht durch das Leben, beeindruckt, *un*beeindruckt, durch die Szene, alles ist austauschbar, im Requisitenstaat besser oder schlechter geschult: ein Irrtum! Man begreift: ein ahnungsloses Volk, ein schönes Land – es sind tote oder gewissenhaft gewissenlose Väter, Menschen mit der Einfachheit und der Niedertracht, mit der Armut ihrer Bedürfnisse . . . Es ist alles eine zuhöchst philosophische und unerträgliche Vorgeschichte. Die Zeitalter sind schwachsinnig, das Dämonische in uns ein immerwährender vaterländischer Kerker, in dem die Elemente der Dummheit und der Rücksichtslosigkeit zur tagtäglichen Notdurft geworden sind. Der Staat ist ein Gebilde, das fortwährend zum Scheitern, das Volk ein solches, das ununterbrochen zur Infamie und zur Geistesschwäche verurteilt ist. Das Leben Hoffnungslosigkeit, an die sich die Philosophien anlehnen, in welcher alles letztenendes verrückt werden muß.

Wir sind Österreicher, wir sind apathisch; wir sind das Leben als das gemeine Desinteresse am Leben, wir sind in dem Prozeß der Natur der Größenwahn-Sinn als Zukunft.

Wir haben nichts zu berichten, als daß wir erbärmlich sind, durch Einbildungskraft einer philosophisch-ökonomisch-mechanischen Monotonie verfallen.

Mittel zum Zwecke des Niedergangs, Geschöpfe der Agonie, erklärt sich uns alles, verstehen wir nichts. Wir bevölkern ein Trauma, wir fürchten uns, wir haben ein Recht, uns zu fürchten, wir sehen schon, wenn auch undeutlich im Hintergrund: die Riesen der Angst.

Was wir denken, ist *nach*gedacht, was wir empfinden, ist chaotisch, was wir sind, ist unklar.

Wir brauchen uns nicht zu schämen, aber wir *sind* auch nichts und wir verdienen nichts als das Chaos.

Ich danke in meinem und im Namen der hier mit mir Ausgezeichneten, dieser Jury, ganz ausdrücklich allen Anwesenden.

Ansprache bei der Verleihung
des Georg-Büchner-Preises

Verehrte Anwesende, wovon wir reden, ist unerforscht, wir leben nicht, vermuten und existieren aber als Heuchler, vor den Kopf Gestoßene, in dem fatalen, letzten Endes letalen Mißverständnis der Natur, in welchem wir heute durch Wissenschaft verloren sind; die Erscheinungen sind uns tödliche und die Wörter, mit welchen wir aus Verlassenheit im Gehirn hantieren, mit Tausenden und Hunderttausenden von ausgeleierten, uns durch infame Wahrheit als infame Lüge, umgekehrt durch infame Lüge als infame Wahrheit erkennbare in allen Sprachen, in allen Verhältnissen, die Wörter, die wir uns zu reden und zu schreiben und die wir uns als Sprecher zu verschweigen getrauen, die Wörter, die aus nichts sind und die zu nichts sind und die für nichts sind, wie wir wissen und was wir verheimlichen, die Wörter, an die wir uns anklammern, weil wir aus Ohnmacht verrückt und aus Verrücktheit verzweifelt sind, die Wörter infizieren und ignorieren, verwischen und verschlimmern, beschämen und verfälschen und verkrüppeln und verdüstern und verfinstern nur; aus dem Mund und auf dem Papier mißbrauchen sie durch ihre Mißbraucher; das Charakterbild der Wörter und ihrer Mißbraucher ist das unverschämte; der Geisteszustand der Wörter und ihrer Mißbraucher ist der hilflose, glückliche, katastrophale . . .

Wir sagen, wir geben eine Theatervorstellung, prolongiert ohne Zweifel in die Unendlichkeit . . . aber das Theater, in welchem wir auf alles gefaßt und in nichts kompetent sind, ist, seit wir denken können, immer ein solches der sich vergrößernden Geschwindigkeit und der verpaßten Stichwörter . . . es ist absolut ein Theater der Körper – in zweiter Linie der Geistesangst und also der Todesangst . . . wir wissen nicht, handelt es sich um die Tragödie um der Komödie, oder um die Komödie um der Tragödie willen . . . aber alles handelt von Fürchterlichkeit, von Erbärmlichkeit, von Unzurechnungsfähigkeit . . . wir denken, verschweigen aber: wer denkt, löst auf, hebt auf, katastrophiert, demoliert, zersetzt, denn Denken ist folgerichtig die konsequente Auflösung aller Begriffe . . . Wir sind (und das ist Geschichte und das ist der Geisteszustand der Geschichte): die Angst, die Körper- und die Geistesangst und die Todesangst als das Schöpferische . . . Was wir veröffentlichen, ist nicht identisch mit dem, was ist, die Erschütterung ist eine andere, die Existenz ist eine andere, wir sind anders, das Unerträgliche anders, es ist nicht die Krankheit, es ist nicht der Tod, es sind ganz andere Verhältnisse, es sind ganz andere Zustände . . .

Wir haben, sagen wir, ein Recht auf das Recht, aber wir haben nur ein Recht auf das Unrecht . . .

Das Problem ist, mit der Arbeit fertig zu werden, und
das heißt, mit dem inneren Widerwillen und mit dem
äußeren Stumpfsinn . . . das heißt, über mich selbst und
über Leichen von Philosophien geh'n, über die ganze
Literatur, über die ganze Wissenschaft, über die ganze
Geschichte, über alles . . . es ist eine Frage der Geistes-
konstitution und der Geisteskonzentration und der Iso-
lation, der Distanz . . . der Monotonie . . . der Uto-
pie . . . der Idiotie . . .

Das Problem ist immer, mit der Arbeit fertig zu werden,
in dem Gedanken, nie und mit nichts fertig zu werden . . . es ist die Frage: weiter, rücksichtslos weiter, oder
aufhören, schlußmachen . . . es ist die Frage des Zwei-
fels, des Mißtrauens und der Ungeduld.

Ich danke der Akademie, ich danke für Ihre Aufmerksamkeit.

Zu meinem Austritt

Die Wahl Scheels, des ehemaligen Bundespräsidenten, zum Ehrenmitglied der Akademie für Sprache und Dichtung war für mich ja nur der letzte definitive Anlaß gewesen, mich von dieser Akademie für Sprache und Dichtung zu trennen, die meiner Meinung nach weder mit Sprache noch mit Dichtung das geringste zu tun hat und deren Existenzberechtigung jeder vernünftig Denkende mit gutem Gewissen selbstverständlich verneinen muß. Seit Jahren habe ich mich nach dem Sinn dieser sogenannten Darmstädter Akademie gefragt und mir immer wieder sagen müssen, daß ein solcher Sinn doch nicht darin bestehen kann, daß eine Vereinigung, die letzten Endes doch nur aus dem kühlen Grunde der Selbstbespiegelung ihrer eitlen Mitglieder gegründet worden ist, jährlich zweimal zur Eigenbeweihräucherung zusammenkommt und da, nach vom Staat bezahlter teurer, weil Luxusanreise, in guten Darmstädter Hotels großbürgerlich aufgetragene Speisen ißt und Getränke trinkt, um eine knappe Woche lang um ihren abgestandenen faden Literaturbrei herumzureden. Ist *ein* Dichter oder Schriftsteller schon lächerlich und, wo auch immer, für die Menschengesellschaft schon schwer erträglich, um wie vieles lächerlicher und unzumutbarer ist eine ganze Horde von Schriftstellern und Dichtern und solchen, die sich dafür halten, auf einem Haufen! Im Grunde kommen alle diese auf Staatskosten angereisten Ehrenträger in Darmstadt zusammen, um sich nach einem impotenten Jahr des gegenseitigen Kollegenhasses in Darmstadt auch noch eine Woche anzuöden. Das Schriftstellergeschwätz in den Hotelhallen Kleindeutschlands ist ja wohl das Widerwärtigste, das sich denken läßt. Es stinkt aber doch noch viel stinkender, wenn es vom Staat subventioniert wird. Wie ja überhaupt der ganze heutige Subventionsdampf zum Himmel stinkt! Dichter und Schriftsteller gehören nicht subventioniert, und schon gar nicht von einer subventionierten Akademie, sondern sich selbst überlassen.

Nun gibt die Akademie für Sprache und Dichtung (der absurdeste Titel der Welt!) alljährlich ein *Jahrbuch* heraus, und vielleicht hat wenigstens das einen Sinn? Aber in diesem *Jahrbuch* sind jedesmal, und immer wieder nur, schon bevor sie in den Satz gehen, verstaubte sogenannte Essays abgedruckt, die, wie gesagt, weder mit Sprache noch mit Dichtung, ja überhaupt nichts mit Geist zu tun haben, weil sie aus den an Ladehemmung krankenden Maschinen von geistlosen Schwätzern kommen, wie wir in Österreich sagen würden, von Gschaftlhubern ganz ohne Kopf. Und was ist außer diesen faden Elaboraten noch in diesem *Akademiejahrbuch*? Eine lange Liste mit allen möglichen und unmöglichen obskuren Ehrungen, die diese geistigen Regenwürmer im abgelaufenen Jahr »erfahren« haben. Wen, außer diese Regenwürmer selbst, interessiert das? Dazu auch noch, um es nicht zu vergessen, eine heuchlerische »Totenliste« mit Verlegenheitsnachrufen als Akademietotenpoker, jeder peinlicher und dümmer als der vorhergegangene. Schade, daß dieses *Jahrbuch* auf einem derartig kostbaren Papier gedruckt ist, daß es zur Beheizung meines Ofens in Ohlsdorf denkbar ungeeignet ist. Ich habe damit jedesmal, wenn der Briefträger bei mir seinen Schutt abgeladen hat, immer die größten Schwierigkeiten gehabt.

Aber, wird man sagen, die Akademie für Sprache und Dichtung (für diese Bezeichnung gebührt den Erfindern noch im nachhinein der Büchnerpreis!) verleiht doch den Büchnerpreis, die sogenannte angesehenste Literaturauszeichnung in ganz Deutschland. Ich sehe nicht ein, warum diese obskure Akademie den Büchnerpreis verleihen muß, denn zu dieser Verleihung braucht niemand eine Akademie. Und schon gar nicht eine Akademie für Sprache und Dichtung, die nur ein begriffliches und sprachliches Unikum ihres Titels ist, sonst nichts. Ich persönlich habe die Wahl in die Akademie, damals, vor, wie es heißt, genau sieben Jahren, nicht weiter ernst genommen. Erst nach und nach ist mir das Dubiose dieser Darmstädter Akademie zu Bewußtsein gekommen, und ich habe dieses Dubiose tatsächlich augenblicklich in dem Moment ernst genommen, in dem ich gelesen habe, daß Herr Walter Scheel in diese Akademie gewählt worden ist, und bin kurzerhand ausgetreten. Wenn Herr Scheel eintritt, kann ich gleich austreten, habe ich mir gedacht.

Ich wünsche der Akademie für Sprache und Dichtung, die ich für Deutschland und für die ganze übrige Welt tatsächlich für das Allerentbehrlichste halte und die sicher für die Dichter (die es sind!) und für die Schriftsteller (die es sind!) mehr schädlich als nützlich ist, mit Herrn Scheel alles Gute. Die Darmstädter Akademie (für Sprache und Dichtung!) verschickt im Todesfall eines Mitglieds immer automatisch einen schwarzumrandeten Partezettel mit dem immer gleichen Nachruftext (über dessen Sprache und Dichtung sich streiten läßt). Vielleicht erlebe ich es noch und sie schickt eine Parte aus, auf welcher sie keines ehrwürdigen Mitglieds, sondern ihrer selbst gedenkt.

Editorische Notiz

Bei einer Begegnung am 23. August 1988 in Ohlsdorf unter-
richtete Thomas Bernhard – sechs Monate vor seinem Tod –
Siegfried Unseld von seinen Publikationsplänen. Der Verleger zitiert in einem Reisebericht den Autor mit den Worten,
»er habe ›Neufundland‹ neu durchgesehen, dies sei fertig, aber
er zögere noch, denn er schreibe nun an einer zweiten Prosa-
Arbeit, die in diesem Jahr fertig würde, und er wisse nicht,
welche er als erste herausgeben sollte. Im März 1989 würden
wir diese Prosa-Arbeit bekommen, zusammen mit einer Komödie, die er wahrscheinlich auch schon geschrieben hat.«
Im Nachlaß von Thomas Bernhard fand sich ein heterogenes
Konvolut (Thomas-Bernhard-Archiv Gmunden, SL 12.14/1
bis SL 12.14/13): Es besteht aus Typoskriptblättern mit verschiedenen Entwürfen (von denen keiner länger als drei Seiten ist) zu dem Prosatext mit dem Titel *Neufundland* – laut
ihrem Verfasser sollte der vollständige Roman den Umfang
von *Holzfällen*, also ca. 300 Seiten, haben. Dazu kommt ein
weiteres 50seitiges, vom Autor korrigiertes, handschriftlich
paginiertes Typoskript, auf dessen Titelseite maschinen-
schriftlich der Name von Thomas Bernhard über dem Titel
»Meine Preise« steht.
Auf dem rechten unteren Rand dieser Seite hat Bernhard
handschriftlich notiert: »9 Preise von 12 od. 13« (siehe Abbildung S. 133).
Zu demselben Konvolut zählen zwei maschinenschriftliche
Entwürfe für die Rede bei der Entgegennahme des Bremer
Literaturpreises im Jahre 1965, ein Durchschlag der definiti-
ven Dankrede, ein Durchschlag der Rede anläßlich der Über-

reichung des Österreichischen Staatspreises (1968) sowie mehrere Schreiben an den Autor in Sachen Staatspreis sowie Anton Wildgans-Preis. Auch die Kopie des Artikels von Hans Rochelt in den *Oberösterreichischen Nachrichten* vom 5. März 1968 über die Staatspreisverleihung (*Zerstörte Idylle*) gehört zu diesen Materialien.

Dieser Nachlaßbefund läßt vermuten, Thomas Bernhard habe das Typoskript *Meine Preise*, das 1980 entstand, eventuell leicht überarbeitet, seinem Verleger wie angekündigt »im März 1989« zum Druck geben wollen. Eine solche Annahme kann sich zum einen darauf stützen, daß Bernhard diese Art der Publikation bei seinem letzten zu Lebzeiten (Anfang 1989) erschienenen Buch gewählt hat: *In der Höhe. Rettungsversuch. Unsinn* ist die redigierte Fassung eines vom Autor auf das Jahr 1959 datierten Manuskripts. Er griff zum andern auf ältere Arbeiten zurück, da er in den letzten Monaten des Jahres 1988 gesundheitlich nicht mehr in der Lage war, ein Typoskript für einen über 300 Druckseiten starken Roman niederzuschreiben.

Die Hypothese, bei der von Thomas Bernhard angesprochenen »Prosa-Arbeit« handle es sich um *Meine Preise*, ist nicht durch mündliche oder schriftliche Aussagen des Autors zu belegen. Belegbar ist allerdings, daß das Typoskript vom Autor zur Publikation vorgesehen war: Auf dessen letzter Seite (siehe Abbildung S. 137), auf der er mit dem für ihn typischen dicken schwarzen Filzstift unter das Wort »Ende« seine Initialen gesetzt hat, steht die Anweisung, dem Typoskript die Reden zur Entgegennahme des Bremer Literaturpreises, des Österreichischen Staatspreises und des Georg-Büchner-Preises sowie seine Austrittserklärung aus der Deutschen Akademie für Sprache und Dichtung in Darmstadt hinzuzufügen.

Thomas Bernhard

Meine Preise

Preise von 12.04.13

Der eindeutigste Hinweis auf seine Entstehungszeit ist dem Buch selbst zu entnehmen. Bernhard schreibt: »Aus diesem Grunde bin ich ja kürzlich aus der sogenannten Darmstädter Akademie ausgetreten [...].« (S. 97) Am 8. Dezember 1979 begründete er in einem Artikel in der *Frankfurter Allgemeinen Zeitung* seinen Austritt.

Ein weiteres, wenn auch weniger präzises Indiz für die Zeit der Niederschrift enthält das Kapitel zur 1978 erfolgten Verleihung des Literaturpreises der österreichischen Bundeswirtschaftskammer: »Ich ging, zuerst allein, dann mit Freunden, die Mauern [von Schloß Kleßheim] entlang, die mir wohlbekannt waren, an diesen Mauern entlang war ich, so dachte ich, nach Kriegsende entlanggeschlichen, um über die schwerbewaffnete verbotene Grenze zu gehen in der Dämmerung. Das liegt fünfunddreißig Jahre zurück.« (S. 104) Da die Familie Bernhard 1946 vom bayrischen Traunstein nach Salzburg übersiedelte, deutet diese Passage auf 1980 oder 1981 als Jahr der Niederschrift von *Meine Preise* hin.

Eine solche Datierung wird gestützt durch den Zeitpunkt, zu dem Thomas Bernhard die Arbeit an *Wittgensteins Neffe* aufnimmt. Dies tut er im Januar 1982, und dabei greift er auf Passagen von *Meine Preise* zurück und formuliert sie um (vgl. S. 105-118 der Originalausgabe: Frankfurt am Main 1982, Bibliothek Suhrkamp, Band 788, sowie: *Werke Band 13*, Frankfurt am Main 2008, S. 270-279). Das bedeutet: *Meine Preise* ist zwischen Anfang 1980 und Ende 1981 entstanden. Da Bernhard in einem Brief an Gerhard Ruiss (in: *Staatspreis. Der Fall Bernhard*, herausgegeben von Alfred Goubran, Klagenfurt 1997, S. 12ff.) unter dem Datum des 16. Dezember 1980 auf seine literarischen Preise in Formulierungen zu sprechen kommt, die sich an das Typoskript *Meine Preise* anlehnen, kann das Jahr 1980 als Entstehungszeitraum gelten.

Der Grillparzerpreis

Zur Verleihung des Grillparzerpreises der Akademie der Wissenschaften
in Wien musste ich mir einen Anzug kaufen,denn ich hatte plötzlich zwei
Stunden vor dem Festakt eingesehen,dass ich zu dieser zweifellos ausser-
ordentlichen Zeremonie nicht in Hose und Pullover erscheinen könne und
so hatte ich tatsächlich auf dem sogenannten Graben den Entschluss
gefasst,auf den Kohlmarkt zu gehen und mich entsprechend feierlich einzukleiden,zu diesem Zwecke suchte ich das ~~mir mehreren Sockengeschäften~~ her
bestens bekannte Herrengeschäft mit dem bezeichnenden ~~Titel~~ Sir Anthony
auf,wenn ich mich recht erinnere,war es Dreiviertelzehn,als ich den Salon
des Sir Anthony betrat,die Verleihung des Grillparzerpreises sollte um
elf stattfinden,ich hatte also noch eine Menge Zeit.Ich hatte die Absicht,mir ~~(wenn schon von der Stange,so doch den besten)~~ einen
~~Reinwollanzug~~ in Anthrazit anzuschaffen,dazu die passenden Socken,eine Krawatte und ein Hemd von Arrow,ganz fein,graublau ge-
streift.Die Schwierigkeit,sich in den sogenannten feineren Geschäften
gleich verständlich zu machen,ist bekannt,auch wenn der Kunde sofort
und auf die präziseste Weise sagt,was er will,wird er zuerst einmal ungläubig angestarrt,bis er seinen Wunsch wiederholt hat.Aber natürlich
hat der angesprochene Verkäufer auch dann noch nicht begriffen.So dauerte
es auch damals im Sir Anthony länger als notwendig,zu den in Frage kommenden Regalen geführt zu werden.Tatsächlich waren mir die Umstände in diesem
Geschäft ~~von seinen Sockenregalen an der schon bekannt)~~ und ich selbst
wusste besser als der Verkäufer,wo ich den gesuchten Anzug zu finden habe.
Ich schritt auf das Regal mit den in Frage kommenden Anzügen zu und ich
deutete auf ein ganz bestimmtes Exemplar,das der Verkäufer von der Stange
herunternahm,um es mir vor die Augen zu halten.Ich prüfte die Stoffqualität und machte sogleich in der Kabine eine Probe.Ich ~~beugte mich~~ ein
paarmal vor und lehnte mich zurück und fand,dass mir die Hose passte.Ich
zog den Rock an,drehte mich ein paarmal vor dem Spiegel,hob die Arme und
senkte sie wieder,der Rock passte wie die Hose.Ich ging ein paar Schritte
mit dem Anzug durch das Geschäft und suchte mir bei dieser Gelegenheit
das Hemd und die Socken aus.Schliesslich sagte ich,dass ich den Anzug anbehalten und auch noch das Hemd ~~und die~~ Socken anziehen wolle.Ich suchte
mir eine Krawatte aus,band sie mir um,zog sie so weit als möglich zu,
begutachtete mich noch einmal ~~im~~ Spiegel,bezahlte und ging hinaus.
Meine alte Hose und meinen Pullover hatten sie mir in eine Tasche mit
der Aufschrift Sir Anthony gepackt,so,mit dieser Tasche in der Hand,ging
ich über den Kohlmarkt,um mich mit meiner Tante zu treffen,mit welcher
ich verabredet gewesen war im Restaurant Gerstner auf der Kärntnerstrasse,
im ersten Stock.Beim Gerstner wollten wir noch kurz vor der Feierlichkeit

des Minister Storz,gesagt hatte,
barm,████████ass nicht nur Büchner an diesem Tage Geburtstag habe,sondern
sie selbst auch und zwar den sechsundsiebzigsten,war einer der Stadtherren
aufgestanden und hinausgegangen.Etwas später war er mit einem Strauss mit
sechsundsiebzig Rosen wieder hereingekommen.Und hier muss ich sagen,dass
ich vor allem nach Darmstadt gereist bin,um meiner Tante einen schönen Geburtstag zu machen,denn sie hat,wie Georg Büchner,am achtzehnten Oktober
Geburtstag.Natürlich war das nicht der einzige Grund,aber es war der Hauptgrund gewesen.Meine Tante und ich haben uns am Ende des Essens in das Goldene Buch der Stadt Darmstadt eingetragen.Die Zeitungen schrieben über die
damalige Preisverteilung,wenn auch aus unterschiedlichen Perspektiven und
mit den unterschiedlichsten Mitteln etwa das,was ich selbst dachte.Es ist
nachzulesen.Die Jury der Deutschen Akademie,aus welcher ich inzwischen
ausgetreten bin,weil sie mich einmal ohne mein Wissen zu ihrem Mitglied
(und weil sie von mir nicht mehr wegheirathbar gewesen ist)
gewählt hat,hat meine Wahl zum Büchnerpreisträger zu verantworten,nicht
ich.

50

Dazu:

Ansprachen Bremer
         Staats
         Büchnerpreis
         Mein Austritt(Aus d.deutschen Akademie)

              Ende

                                    G. B.

Diese Ausgabe folgt in Rechtschreibung und Zeichensetzung dem Bernhardschen Typoskript (wie bei all seinen Veröffentlichungen wurden die Schreibungen von »ss in »ß« verwandelt). Verschreibungen wurden stillschweigend korrigiert, in einigen Fällen wurden sinnwidrige Kommata getilgt, an anderen Stellen Kommata zum besseren Verständnis hinzugefügt. Unterschiedliche Schreibweisen wurden vereinheitlicht, die Unterstreichungen werden kursiv wiedergegeben, die Titel von Büchern, Zeitungen etc. kursiviert. Das Typoskript ist von Thomas Bernhard vollständig durchgearbeitet, weshalb nur an acht Stellen Eingriffe notwendig waren, die allerdings der Kontext eindeutig determinierte (es handelt sich jeweils um die Einfügung bzw. Streichung eines Wortes). Der von Bernhard nicht zu Ende korrigierte Satz (S. 78/79) »Die Musiker waren nicht gut in Form und sie patzten an vielen Stellen, aber bei solchen Gelegenheiten nicht einmal auf korrektes Spiel Wert gelegt worden«, wurde korrigiert zu »aber bei solchen Gelegenheiten ist nicht einmal auf korrektes Spiel Wert gelegt worden«.

Bernhards Anweisung auf dem letzten Typoskriptblatt (siehe Abbildung S. 137), wonach drei Reden und seine Austrittserklärung aus der Darmstädter Akademie für Sprache und Dichtung dem Text hinzuzufügen sind, ist nicht völlig eindeutig, schließt eine Lesart nicht aus: Möglicherweise hätte er bei der Drucklegung die Zusätze jeweils ans Ende der entsprechenden Kapitel plaziert. Auf eine derartige Anordnung wurde verzichtet, da für eine solche Absicht keine mündlichen oder schriftlichen Zeugnisse bekannt sind.

Die drei Reden werden nach folgenden Quellen wiedergegeben:

Die Ansprache zur Entgegennahme des – so damals die offizielle Bezeichnung – Rudolf-Alexander-Schröder-Stiftung/Literaturpreises der Freien und Hansestadt Bremen folgt: *Mit der Klarheit nimmt die Kälte zu.* In: *Jahresring 65/66*, Stuttgart 1966, S. 243-245.

Die Ansprache zur Entgegennahme des Österreichischen Staatspreises für Roman folgt der Version in: *Über Thomas Bernhard*, herausgegeben von Anneliese Botond, Frankfurt am Main 1970, S. 7f.

Die Ansprache zur Entgegennahme des Georg-Büchner-Preises folgt: *Nie und mit nichts fertig werden.* In: *Jahrbuch 1970*, Heidelberg/Darmstadt 1971, S. 83f.

Raimund Fellinger

Inhalt